历史的背影和回眸

吕瑜洁 著

1

北方文艺出版社

图书在版编目（CIP）数据

历史的背影和回眸. 1 / 吕瑜洁著. -- 哈尔滨 ：北
方文艺出版社，2022.11

ISBN 978-7-5317-5727-6

Ⅰ. ①历… Ⅱ. ①吕… Ⅲ. ①散文集－中国－当代
Ⅳ. ①I267

中国版本图书馆CIP数据核字（2022）第190958号

历史的背影和回眸1

LISHI DE BEIYING HE HUIMOU 1

作　者/吕瑜洁

责任编辑/王　爽　　　　　　　　特约编辑/陈长明

装帧设计/汇蓝文化

出版发行/北方文艺出版社　　　　邮　编/150008

发行电话/（0451）86825533　　　经　销/新华书店

地　址/哈尔滨市南岗区宣庆小区1号楼　网　址/www.bfwy.com

印　刷/济南精致印务有限公司　　　开　本/880×1230　1/32

字　数/174千字　　　　　　　　　印　张/7.5

版　次/2022年11月第1版　　　　印　次/2022年11月第1次印刷

书　号/ISBN978-7-5317-5727-6　　定　价/58.00元

序

案头是我的学生瑜洁撰写的散文集《历史的背影和回眸1》。她的自序《历史的浓妆，掩不住一段素颜》，灵感来自唐代诗人张祜的《集灵台·其二》中的诗句"却嫌脂粉污颜色，淡扫蛾眉朝至尊"。

历史是什么呢？历史是以前发生的所有事情的记载，大到对自然界的探索和开发、对于人类社会的管理，小到个人的日常生活、悲欢离合、闲言碎语，凡能够留下记载的皆为历史。所以后来的人们都可以从历史中找到自己的爱憎，吸取经验教训，明白社会运行的道理，获得为人处世的借鉴。历史写的是过往的事情，人们获取的是面向未来的智慧。

要得到智慧，必须找到真正的老师学习。唐朝的韩愈说过，学必有师。挑选老师，第一，必须是真货；第二，讲授的必须是真实的，无非一个"真"字。

先说第一条——真货。武侠小说大家金庸写了很多亦史亦文的小说，塑造了一对亲兄弟裘千仞和裘千丈。裘千仞武功高强，威震武林；裘千丈假冒其兄之名招摇撞骗。两个人长得十分相像，让人真假难辨。现在社会发展了，人们更加理性，更加能够独立思考，对读历史的热情便更加高涨，纷纷找书阅读。这才发现眼下号称历史类的图书实在太多了，不知道该读哪一本。很多人按照热销榜找书，恰好落入圈套。

热销书有两种，一是真正启发心智，传授真知，它的标志不是销量，而是经久不衰，历久弥新。所以，看销量的同时还应该看看历世的长短。二是以编造来媚俗，迎合一时，哗众取宠。我曾经翻阅过描述秦朝的皇皇巨著，发现很多作品有一个共同特点——极尽赞扬之能事，却不告诉人们被描写成万民拥戴的秦朝为什么仅仅 14 年就土崩瓦解，而且是万众一心将其推翻。想到这个问题，再回头去看，发现里面充满了"伪"。

所以，读一本告诉您真相的历史书多么重要，首先，它不会扭曲您的思想，让您变得盲目而偏执；其次，它让您获得启发，增长智慧。所以，同样号称历史类图书，要找裴千仞，千万不要找裴千丈，我们有限的生命没法陪裴千丈浪荡，他"圈粉"出名，咱们成为喽啰。

第二条，书中讲的必须是真实的。历史从来强调言必有据，不在乎有什么观点，而重视观点的依据。所以，读历史最好是读原著。中国历史不容易领悟的难处在于故事生动，却往往没有告诉人们意义所在。而且，许多重要的变化经常隐藏在看似微小的细节当中，必须靠读者的领悟力去品味。一部中国古代历史学的奠基之作《史记》，不少人读后只记住了曲折的情节，却感受不到其伟大之处。

因此，如果有人帮我们整理出来，娓娓道来，真像登山时送来一把手杖，我们可以省去多少功夫。

瑜洁想做的就是这件事情。她要卸掉历史的浓妆，还原其素颜，展示给大家。所以，文集里多为各种视角的观察，从点点细节中寻找人物的真性情与历史的真相。人总是端着处世，历史也是以粉饰见人，但在不经意之间会露出本相，就看能不能捕捉到。

读史阅人还是有性别侧重的差别，男性往往关注政治与战场的轰轰烈烈，女性细腻而敏感，更善于分析世事沉浮中人的真性情——人生百态，性情各异，命运也截然不同。

瑜洁的关注，让人感触良多。我不由想起另一句诗来，苏东坡写道："欲把西湖比西子，淡妆浓抹总相宜。"瑜洁毕业于厦门大学历史系的兴盛时期，心无旁骛，阅史不倦。毕业后，她未曾忘怀历史，用另一种方式去体会历史，先后在政府机关和民营企业担任重要工作，同时倾情、细心地教育、呵护子女。

我见到她做什么事情都非常专注，用心体悟。她将培育孩子的心得写成了两本散文集《我的心里住着一个孩子》《我的心里住着一个世界》，深受欢迎，读者甚众。现在她把多年来对于历史的体悟和感情如涓涓细流诉诸笔端，完成了这本历史散文集，还写下洋洋洒洒近百万字的长篇历史小说《红豆生南国》。不管做什么事，她总能游刃有余。

瑜洁曾经随我读史，嘱我在书前留言纪念，欣然而作，是为序。

韩昇

2022 年 9 月 2 日

（韩昇，复旦大学历史系教授、博士生导师，现代人类学教育部重点实验室学术委员，中国魏晋南北朝史学会副会长）

历史的浓妆，掩不住一段素颜（代自序）

一

和历史结缘，是误打误撞，却也是人生的必然。

1999 年 7 月，高考，我的目标是复旦大学新闻系。成绩公布后，我傻眼了。从小到大，我的语文一直不错。高中三年，语文成绩基本都在 125 分（总分 150 分）以上。但高考竟然只考了 89 分（总分 150 分），是全校两个不及格的人之一。这个成绩，让我报考复旦大学新闻系的梦想瞬间破灭。

痛定思痛后，多方比对各高校的历年录取分数线，最后将目标锁定在据说很美的厦门大学。至于专业，我选择服从调剂。

一个多月后的傍晚，我收到了厦门大学的录取通知书。得知自己被厦门大学历史系录取的那一刻，悬了一个多月的心，终于落了地。

我久久凝视着录取通知书上印着的厦门大学建南大礼堂，那橘红色的屋顶，那南洋风格的建筑，那葱绿的林荫小道，不正是我心目中向往已久的校园风光吗？那一刻，我似乎爱上了厦门大学。

不过，那时的我，对历史系还很无感。我只是觉得，和学什么专业相比，选择去哪所大学更为重要。专业嘛，进了大学再说咯！

二

世纪之交，经济、贸易、法律、新闻、建筑等专业非常热门，这些专业的毕业生找工作时特别抢手。而历史系的毕业生呢？就像被打入冷宫、不受待见的宫女，面临着一毕业就失业的尴尬和危机。

进大学的第一天，历史系主任给我们全体新生讲话。我记得他讲了三层意思，让我受益终生，至今难以忘怀。

第一层意思，从现在开始，你们最好将以前学过的历史知识忘掉，以空杯心态，以白纸状态，重新学习历史，思考历史。

第二层意思，虽然历史系现在比较冷门，但这并不意味着历史学无用。将来，随着中国经济社会的发展，人们生活水平的提高，历史学、哲学、文学、艺术等学科会越来越受欢迎。

第三层意思，从长远看，专业没有冷门、热门之分，只有学得够不够好之别。一个冷门专业，如果学得够好，一样能找到好工作；反之，一个热门专业，如果不好好学，一样找不到工作。

最后，系主任语重心长地鼓励我们："你们是来自全国各地的优秀学生，相信经过四年系统的历史学思维训练后，会有很大的进步。当然，前提是你们要爱看书，爱思考。"

系主任的这番话，让我有种"一语惊醒梦中人"的感觉，原本对历史这门学科无感的我忽然觉得，我可能误会它了。

初高中的历史课，为了便于考试，标准答案往往是经过简化处理的。然而，真实的历史，绝非 1+1=2 那样有公式可循，也不是非黑即白、非此即彼。因此，系主任要求我们忘掉以前学的历史知识，不要人云亦云，不要简单地盖棺定论，而是不卑不亢、不慌不忙地学习历史，用历史学思维思考历史事件和历史人物背后的逻辑，以史为鉴，观照现实。

三

历史系有很多专业课，比如《中国通史》《世界通史》《史学概论》《中国历史文选》《中国历史地理》《中国经济思想史》《中国文化史》等。上课时，老师们都会推荐和这门课相关的学术参考书。我常常在课后就去图书馆找这些参考书。看这些书时，作者会注明他所引用的观点的论文出处和参考书目。我顺藤摸瓜，继续去找这些参考书目。如此一来，看书范围自然越来越广。

阅读，就像一个圆，如果半径代表阅读量，圆周代表未知世界，那么读书越多，半径越长，未知世界就越大，探求未知世界的好奇心也越强烈。在各派观点的交锋与碰撞中，阅读者渐渐有了自己的思考。

印象最深的是费正清、崔瑞德两位汉学家主编的《剑桥中国史》，共 15 卷 17 册。其中的《剑桥中国隋唐史》，我反复看了很多遍。另外，黄仁宇的《万历十五年》《赫逊河畔谈中国历史》，唐德刚的《晚清七十年》，孔飞力的《叫魂》，史景迁的《追寻现代中国》，等等，也都让我爱不释手。

沉浸在这些书里，我渐渐觉得，学问没有边界，无论是哲学、历史学、经济学、社会学还是人类学，最后都会水乳交融、触类旁通。杨振宁先生曾说："物理学研究到了尽头就是哲学，哲学研究到了尽头就是宗教。"

大学四年，用舍友的话说，我不是在图书馆，就是在去图书馆的路上。许多个月明星稀的夜晚，我抱着厚厚一摞书，从图书馆慢慢走回宿舍，心里无比充实、快乐。

大学毕业时，我在图书馆累计借了750多本书。这是我在大学四年里最大的收获，也是我一生的营养。

四

大学毕业后，回到家乡绍兴工作，当过记者，做过公务员，如今以写作为主。虽然看起来和历史学无关，但我知道，这么多年来，我一直受益于历史学。

因为历史学不只是一门学科，而是一种思维方式，一种被称为"历史+"的方法论。

和"互联网+"一样，"历史+"就是用历史学思维指导各行各业的工作。这个"+"，是"加"无限可能的"加"。

或许，大家会好奇，学历史的人，会从事哪些工作呢？

2013年11月，大学毕业十周年，我们重回厦门大学，相聚在当年的历史系大楼里。

我们30多个同学中，有在高校、研究机构工作的，有在博物馆、图书馆工作的，有在中小学工作的，有在政府机关工作的，有在媒体工作的，有在银行工作的，有在航空公司工作的，有在教育培训机构工作的，也有自己创业的……

无论从事什么工作，大家都认为，刚入大学时认为没用的历史，其实一点都没白学。

五

那么，学历史，到底有什么用？

西汉著名史学家司马迁，历时14年，撰写了中国第一部纪传体通史——《史记》，记载了上起上古传说中的黄帝时代（约公元前3000年），下至汉武帝太初四年（约公元前101年）3000多年历史。司马迁在《报任安书》中说，他写《史记》的目的是"究天人之际，通古今之变，成一家之言"。《史记》被列为"二十四史"之首，被鲁迅先生誉为"史家之绝唱，无韵之离骚"。

北宋历史学家司马光，历时19年，编撰了编年体史书《资治通鉴》。记载了上起周威烈王二十三年（公元前403年），下迄后周世宗显德六年（公元959年）共1362年的历史。他总结出许多经验教训，供统治者借鉴。宋神宗对此书的评价是："鉴于往事，有资于治道。"

唐太宗李世民和魏征是中国历史中罕见的一对君臣。魏征敢于犯颜直谏，多次拂太宗之意，而太宗竟能容忍魏征"犯上"，所言多被采纳。魏征去世后，唐太宗极为思念，感慨地说："以铜为镜，可以正衣冠；以史为镜，可以知兴替；以人为镜，可以明得失。朕常保此三镜，以防己过。今魏征殂逝，遂亡一镜矣。"

无论是"究天人之际，通古今之变，成一家之言"，还是"鉴于往事，有资于治道"，还是"以史为镜，可以知兴替"，都表明了学历史的好处。

太阳底下，并没有新鲜事。我们今天遇到的任何事情，都可以从过去得到启发和借鉴。这样的好处，还不够大吗？

六

一个善于从"过去"得到启发和借鉴的人，无疑是有智慧的。

文艺复兴时期，英国哲学家培根写过一篇散文，题为《论读书》。文中写道："读史使人明智，读诗使人灵秀，数学使人周密，科学使人深刻，伦理学使人庄重，逻辑修辞之学使人善辩。凡有所学，皆成性格。"

为何"读史使人明智"？我想，至少包含以下三层意思：

首先，学习历史，可以了解那些推动或影响社会发展的人和事，增长见识，打开眼界。

其次，任何事情都有前因后果和内在逻辑，分析历史事件背后的深层次原因，可以提升思维能力。

最后，《枢纽》的作者施展先生说："历史学才是真正的未来学。"看清历史走向和发展趋势后，有助于预测未来，为决策提供依据。

当你长期用历史学思维思考问题，你看问题的角度会更独特，你分析问题的深度会更透彻，你对事件的预判会更准确。更重要的是，你在不知不觉中养成了独立思考的习惯。

这就是历史学带给我们的智慧。

七

提笔写历史题材的散文，则源于 2016 年夏天看了一部电视剧——《来不及说我爱你》。故事发生在一个军阀混战、风雨飘摇的年代。烽火连天，生离死别，乱世里的一段爱恨情仇，注定是一段传奇。这样的爱情，不是花前月下，卿卿我我，而是共赴国难，生死相随。

看完电视剧，久久意难平。古往今来的那些历史人物和历史故事，在我脑海中载沉载浮，挥之不去。

于是，我踌躇满志，决定开始写历史题材的散文。从何落笔呢？由电视剧《来不及说我爱你》中的军阀，想到了晚清重臣。于是，提笔写了《将门之后》，写了晚清重臣张佩纶、张树声、陈宝箴的后代们的故事。

接着，写了《太太不止在客厅》，写了《林家肉松和胡家麻将》，写了《那年冬天的貂裘换了酒》，写了《开辟鸿蒙，谁为情种？》，写了《浮生若梦，为欢几何？》……一路写来，在时光中穿梭，在史海中沉浮，别有一番滋味在心头。

对历史人物和历史故事的喜欢，就像开了闸的洪水，再也停不下来。夜深人静时，我坐在电脑前，在屏幕发出的淡淡蓝光中敲击键盘，在文字的世界里穿越时空，仿佛老僧入定般，可以不眠不休，可以不吃不喝，有暗香浮动在笔墨之间，有文思如月，照我无眠……

八

2017 年 10 月，我开始创作长篇历史小说《红豆生南国》。在写小说的间隙，陆陆续续写了 30 多篇历史散文，结集成册之际，一时之间，不知该写一篇怎样的自序。

一日，闲来读诗，看到唐代诗人张祜写的《集灵台二首》中有"却嫌脂粉污颜色，淡扫蛾眉朝至尊"之句，忽然灵光一现，自序的题目何不叫《历史的浓妆，掩不住一段素颜》？

如果说历史是一方舞台，那数不清的历史人物，你方唱罢我登场，难免浓妆艳抹。他们留在史书中的面容，难免有了某种脸谱化的痕迹和程式化的套路。然而，每一个历史人物，都不是一个简单的符号，他们都曾在这世上真实地活过，有血有肉，有爱有恨，有喜有悲，有得到，也有失去……

历史学家司马迁毕生追求的，不正是洗去历史人物的厚重妆容，尽可能地还原他们的本来面貌，让他们淡扫蛾眉、素面朝天，以真性情示人吗？

历史的真正魅力，或许就在于它的洗去铅华、素颜相向。毕竟，历史的浓妆，掩不住一段素颜。

是为序。

2022 年 9 月 2 日

目录

一、秦晋风骨

二、唐宋风流

五、当代风华

一、秦晋风骨

从孔子到司马迁

一

窗外，春雨淅沥。我的书桌上摊开了两本书，一本是《春秋》，
一本是《史记》。

前者是中国历史上第一部编年体史书，后者是中国历史上第一
部纪传体史书。前者的整理者，相传是春秋时期的教育家孔子；后
者的撰写者，确定是西汉历史学家司马迁。

乍一看，孔子和司马迁没有任何关系，但其实在史学传统上，
司马迁是孔子300多年后的知音。

在他们身后2000多年的今天，我们还能清晰地了解从上古传
说中的黄帝时代以来的历史，必须感谢以孔子、司马迁为代表的一
代又一代史家们！

如果没有他们，那些推动或影响历史发展的人和事，或许早已
灰飞烟灭，消散在无尽的时空中……

二

孔子出生于公元前551年9月28日，名丘，字仲尼，鲁国陬邑（今山东省曲阜市）人，祖籍宋国栗邑（今河南省夏邑县）。

孔子自20多岁起就非常关注天下大事，经常思考治理国家的各种问题，发表自己的见解。30岁时，孔子已有些名气，自称"三十而立"。

孔子35岁那年，鲁国发生内乱，鲁昭公被迫逃往齐国。孔子也离开鲁国，前往齐国，受到齐景公的赏识和厚待。齐景公曾问政于孔子，孔子回答说："君君，臣臣，父父，子子。"也就是说，君王要像个君王，臣子要像个臣子，父亲要像个父亲，儿子要像个儿子。

孔子40岁时，对人生问题有了比较清楚的认识，自称"四十不惑"。

孔子53岁时，终于被提拔为鲁国大司寇，代理宰相，准备一展宏图。然而，他的政治主张无人赞同，言不见重，道不践行，他一筹莫展。

孔子55岁时，齐国故意送给鲁国80名美女，从此，鲁国君臣迷恋歌舞，不理朝政。孔子大失所望，决定离开鲁国，周游列国。他带着颜渊等得力的弟子，先后去了卫国、郑国、曹国、宋国、陈国、蔡国、叶国、楚国等多个国家。

孔子60岁时，觉得自己已能坦然面对各种言论，不觉得不顺，故称"耳顺"。

孔子68岁时，齐国讨伐鲁国，孔子的弟子冉求率领军队打败齐国。在冉求的撮合下，鲁国当政者季康子派人去迎接周游列国的孔子回国。

公元前 484 年，68 岁的孔子终于结束了长达 14 年的周游列国生涯，回到鲁国。回到鲁国后的孔子仍有心从政，却仍被敬而不用。对他打击更大的是，在接下去的两年中，他接连失去了两个最亲的人！

先是公元前 483 年冬天，他的儿子孔鲤去世；再是公元前 482 年，他的弟子颜回去世。一个是他最爱的儿子，一个是他最爱的学生，两人竟都先他而死。白发人送黑发人，人生之大痛，莫过于此。

三

经历了颠沛流离和生离死别后，孔子渐渐领悟人生。

70 岁那年，他觉得自己已经可以"从心所欲而不逾矩"。

超然物外的孔子，决定将余生全部用于文献整理工作，以使其流传后世。

他潜心于学问，把西周的文献分别整理为《诗》《书》《礼》《易》《乐》《春秋》。其中，他耗费精力最多的，是编撰中国历史上第一部编年体史书《春秋》。

什么是"史"？"史"的古文字很有意思，上面是一个"中"，下面是一个"手"。"手"代表史家的记载，"中"代表记载必须客观公正。所以，"史"的含义，就是史官要秉笔直书，客观公正。

据学界考证，最迟从西周起，就有史官记载国家大事。

孔子生活的时代是东周，他的祖国是鲁国。鲁国史官记录了当时该国诸侯、大夫、国人等失礼非礼之事，收集了其他诸侯国公侯、大夫等失礼非礼之事，整理了诸侯国公侯之间、大夫之间的书信内容等。

孔子生活在礼崩乐坏的东周。他一生仰慕周公，向往周礼，希望恢复西周的礼乐秩序，终生以"克己复礼"为己任。他周游列国时，看到各国世风日下、人心不古，不由得抚胸长叹，发出了"甚矣吾衰也！久矣吾不复梦见周公"的悲叹！

痛定思痛后，他觉得与其空谈，不如把东周各国242年间的是非善恶做一番整理，让后人引以为鉴。

四

在编写过程中，孔子采取编年体的体例，即"系日月而为次，列时岁以相续"，按年、月、日的时间顺序，在鲁国国史的基础上，整理了东周列国自鲁隐公元年（公元前722年）至鲁哀公十四年（公元前481年）之间发生的大事，历12代君主，计242年，共18000多字。

他整理古籍的原则是"述而不作，信而好古"，也就是说，他追求的是客观真实地记录历史，而不是为了迎合统治者的喜好而篡改历史。

公元前481年，71岁的孔子终于完成了这本被后世誉为有"天下观"的编年体史书。据说古时历法先有春秋，后分冬夏，于是，孔子将这本史书取名为《春秋》。

《春秋》的遣词造句极为简练，字字针砭，字斟句酌。孔子有个精通文辞的弟子，名叫子夏。子夏整理《春秋》时，竟感到没有一个字可以改动，因为几乎每个句子都暗含褒贬之意，这种被称为微言大义的春秋笔法，被历代史家奉为经典。

公元前479年4月11日，孔子走完了他追求仁、礼的一生。我们不知道他在临终之际对家人和学生说了什么，但我们知道，他可以走得无憾，因为他通过《春秋》实现了心愿，用他的话说，就是"知我者，其惟《春秋》乎？罪我者，其惟《春秋》乎"。

在孔子身后两千多年，历史的天空似乎依然回荡着他那掷地有声的呼声——知我罪我，其惟《春秋》！

五

古希腊哲学家苏格拉底说："未经整理的人生，不值得过。"同样的道理，未经整理的文化和历史，难以保存，更难以流传。

孔子把周朝的文献整理为《诗》《书》《礼》《易》《乐》《春秋》，对中国历史和文化的传承，做出了不可估量的贡献。

公元前479年，孔子去世。时光过了300多年，公元前145年，司马迁出生。

从周朝建立（公元前1046年）到孔子生活的时代，时间跨度500年，500年出了一位孔子。从孔子去世到司马迁生活的时代，时间跨度300多年。

这300多年，是中国大动荡、大变革的时代——从春秋列国走向战国七雄，到秦始皇一统天下，建立中央集权制度，再到秦朝二世而亡、楚汉相争——这样巨大的动荡，这样激荡的历史，却没有史家记载，历史一片空白。

谁能继孔子之后填补这段空白？

一番兜兜转转后，时代选择了司马迁。

六

公元前145年，司马迁出生于龙门（今陕西韩城）。其父司马谈，学问渊博，在朝中担任太史令。

司马谈立志要撰写一部通史，做了大量准备工作。然而，公元前110年，59岁的他随汉武帝赴泰山封禅时，不幸身染重病，留在洛阳。弥留之际，他对赶来探望的儿子司马迁谆谆嘱咐："我死了以后，你一定会接替我做太史令。我毕生的心愿是写出一部通史，你一定要替我完成这个愿望！"

司马谈没有看错人，他的儿子司马迁，担得起这个重任。

司马迁在成长过程中，是真正的读万卷书、行万里路。受父亲影响，他从小就博览群书，早年还受学于孔安国、董仲舒等大学者。不仅如此，他还漫游各地，了解风俗，采集传闻。尤其是重大历史事件发生的地点，他都一一寻访，真正做到了对天下大事了然于胸。

七

公元前108年，司马迁继承父业，担任太史令。

公元前104年，41岁的司马迁开始撰写《太史公书》（后来被称为《史记》）。

公元前99年，在他写作该书的第五个年头，上天出其不意给了他致命的一击！这一年，他46岁。他因替西汉名将、"飞将军"李广的长孙李陵败降之事仗义执言而触怒汉武帝，最终遭受惨无人道的宫刑。

士可杀，不可辱。对司马迁来说，与其这样受辱，不如痛快死去。然而，在生命的最黑暗时刻，他想到了父亲的重托，想到了未竟的事业——撰写《史记》！

最后，他决定忍辱偷生，用余生写完《史记》。他给好友任安写了一封信，题目是《报任安书》。他用千回百转之笔，诉说了他的光明磊落之志、愤激不平之气和曲肠九回之情。

他说："盖文王拘而演《周易》；仲尼厄而作《春秋》；屈原放逐，乃赋《离骚》；左丘失明，厥有《国语》；孙子膑脚，《兵法》修列；不韦迁蜀，世传《吕览》；韩非囚秦，《说难》《孤愤》；《诗》三百篇，大底圣贤发愤之所为作也。"

他说："人固有一死，或重于泰山，或轻于鸿毛，用之所趋异也。"

他还说："亦欲以究天人之际，通古今之变，成一家之言。"

这场劫难，让司马迁对帝制的残暴、对皇权的专制、对人性的丑恶有了更深刻的认识。他立志写出一部不同于以往任何一部史书的史书，这部史书必须"究天人之际，通古今之变，成一家之言"！

八

看惯了彩霞的人，往往看不到彩霞背后的电闪雷鸣。

或许，为了让司马迁写出不一般的史书，命运注定让他历此一劫！

这场劫难，对司马迁来说，是生不如死，但对《史记》来说，却是真正意义上的凤凰涅槃！从此，他眼里看到的不再是彩霞一般的四海升平，而是背后更深刻的东西。

正是因为具有这样的洞见，司马迁赋予了《史记》前所未有的思想光芒。这束光芒，照亮了人心，照亮了人性，更照亮了历史的天空！

公元前91年，司马迁坚持14年，终于完成了这部52万多字的皇皇巨著——《史记》。

全书共130篇，记载了从黄帝到汉武帝太初年间3000多年的历史，包括十二本纪、三十世家、七十列传、十表、八书，被鲁迅先生誉为"史家之绝唱，无韵之离骚"，被列为"二十四史"之首，与宋代的《资治通鉴》并称为"史学双璧"。

值得一提的是，司马谈虽然未能动手撰写通史，但为《史记》的撰写积累了大量的第一手资料，确立了部分论点。司马迁写成的《史记》中的《刺客列传》《郦生陆贾列传》《樊郦滕灌列传》《张释之冯唐列传》等篇目的赞语，都出自司马谈之手。

司马谈若泉下有知，可以无憾。

九

司马迁完成《史记》后，考虑到《史记》的内容有批判性，很有可能会被汉武帝焚毁，所以不能公之于世。

他在《报任安书》中就想到了保护《史记》的办法——要"藏之名山，传之其人，通邑大都"。也就是说，要藏在深山里，你想烧也找不到；或者让自己的后人，在一些大都邑里传播，让《史记》流入民间，这样一来，想禁书也不可能禁得彻底。

《汉书》中说："迁既死后，其书稍出。"由此可见，《史记》是在司马迁去世后才流传于世的。

《史记》的广泛流传，要归功于司马迁的外孙杨恽的不懈努力。

司马迁有一个女儿，名叫司马英，嫁给杨敞。杨敞在汉昭帝时期官至宰相。杨敞和司马英生了两个儿子，大儿子叫杨忠，小儿子叫杨恽。杨恽自幼聪颖好学，司马英就把自己珍藏并且深爱着的《史记》拿出来给他阅读。杨恽初读此书，便被书中的内容吸引住了，爱不释手，一字字、一篇篇，非常用心地把它读完。

杨恽成年之后，把《史记》带在身边，反复阅读，每读一遍，总是热泪盈眶、扼腕叹息。汉宣帝的时候，杨恽被封为平通侯。他看到当时朝政清明，决定将外祖父司马迁的巨著公之于世。

他上书汉宣帝，把《史记》献了出来。从此，天下人得以共读这部伟大的历史学著作！

十

孔子为了实现恢复西周的礼乐秩序这个理想，周游列国 14 年，竭尽全力奔走呼号，不和小人同流合污。在经历了无数的颠沛流离和生离死别后，晚年潜心编写《春秋》，它成为中国第一部编年体史书。

司马迁在遭受惨无人道的宫刑后，依然不忘史官使命，不忘父亲嘱托，不忘自己的初心，忍辱负重，用 14 年写完《史记》，它成为中国第一部纪传体史书。

今天，在他们身后 2000 多年，遥想孔子和司马迁当年在那样艰难的情形下著书立说的场景，心中无限感慨，"临表涕零，不知所言"。

最后，我想借用孟子的话，向以孔子、司马迁为代表的一代又一代史家致敬，也和生活在当下的平凡如你我的人共勉："故天将降大任于斯人也，必先苦其心志，劳其筋骨，饿其体肤，空乏其身，行拂乱其所为，所以动心忍性，曾益其所不能！"

愿得一人心

一

安德烈问母亲龙应台："如果你能搭'时间穿梭器'到另一个时间里去，你想去哪里？"

龙应台沉吟片刻，回答道："我想去看孔子时期的中国，而那也正是苏格拉底时期的欧洲……我想知道，在没有科技、没有灯光的土地上，在素朴原型的天和地之间，人，怎么恋爱？怎么生产？怎么辩论？怎么思索？怎么超越自我？怎么创造文明？"

龙应台的好奇，或许是大多数人的好奇吧。

不过，无论历史如何变迁，无论时代如何发展，有一点，或许是亘古不变的。那就是，一个人对另一个人的真心和真情。

汉诗"努力加餐饭"带给我们的感动，和今天听到爱人知冷知热的一句问候时的温暖，并无两样。

二

小学时，学中国历史。历史老师告诉我们一首概括中国历史的顺口溜，朗朗上口，至今记忆犹新："夏商和西周，东周分两段。
春秋和战国，一统秦两汉。三分魏蜀吴，二晋前后延。南北朝并立，
隋唐五代传。宋元明清后，皇朝至此完。"

历史何其漫长，又何其短暂。《左传·庄公十一年》中写道：
"禹、汤罪己，其兴也勃焉。桀、纣罪人，其亡也忽焉。"朝代更迭，
风云变幻。在历史舞台上，变，是唯一的不变。

和历史的"变"形成鲜明对比的，是真心真情的"不变"。从
《诗经》、楚辞、汉赋、唐诗、宋词、元曲、明清小说一路走来，
一次一次感动我们的，无疑是那千百年来不曾改变的真心真情。

三

公元前11世纪至公元前6世纪，是周王朝由盛而衰的500年。
此后，就是龙应台想穿越时光去看看的春秋战国年代。远古的人们，
在天地间吟唱爱情，怀念故土，思念征人。于是，有了中国最早的
诗歌总集——《诗经》。

虽然距离《诗经》诞生的年代已有3000多年，但透过那些文字，
依然可以体会到那些曾经和你我一样真实活过的人的真心、真情。
这或许就是文字的力量。

张爱玲认为，《诗经》中最悲哀的一句诗，是出自《诗经·邶风·击
鼓》的"死生契阔，与子成说。执子之手，与子偕老"。作家蒋勋说，
这个世界上，人与人之间，不是生离，就是死别，并没有第三种结局。

遥想3000多年前的这位男子，当他对心上人深情地说"执子
之手，与子偕老"时，该是怎样一种坚定的信念。这份信念，来自
他对爱情的信仰。这份信仰，足以将生离死别置之度外。天地之间，
似乎没有什么力量，可以将他和心上人分开。

四

"执子之手，与子偕老"的爱情，在和平安定的时代是有可能的。但如果身逢乱世呢？在颠沛流离的日子里，这或许只是一种奢望。

东汉末年，政治黑暗，社会动荡，多少人为了寻求生路，不得不背井离乡，妻离子散。被后人誉为"五言之冠冕"的《古诗十九首》之一《行行重行行》，就是东汉末年动荡岁月中的一首相思乱离之歌。

"行行重行行，与君生别离。相去万余里，各在天一涯"，这是一名女子对远行未归的丈夫的深深思念。妻子以君行处为天涯，丈夫以故乡为天涯，两人相隔万里，"各在天一涯"。在当时战争频仍、社会动乱、交通极其不便的情况下，生离几乎就是死别，重逢之日遥遥无期……

诗的结尾，女子吟道："思君令人老，岁月忽已晚。弃捐勿复道，努力加餐饭。"最后一句"努力加餐饭"，既是希望远方的丈夫好好吃饭，也是劝慰自己好好吃饭。只有好好吃饭，保重身体，才能等到夫妻重逢的那一天。照顾好自己，就是对爱你的人和你爱的人的最好回报。

正如老子说的"大音希声，大象无形"，大爱或许也是无声的。情到深处，轻轻说出的那句话，反而只是淡淡的了。那一滴将落未落的眼泪，那一份内敛克制的深情，何尝不胜过千言万语呢？

五

岁月无声，历经三国两晋南北朝，转眼到了初唐。那300多年烽烟四起的乱世，终于可以暂告一个段落。北周贵族出身的李渊开创的唐朝，政治清明，四海清平。

出生于公元 647 年的初唐诗人张若虚，在一次由北向南的归途中，行至湖北襄阳一带，在长江边留宿一夜。是夜，他望着月光照耀下的万里长江，文思泉涌，提笔写下了被后人誉为"孤篇盖全唐"的《春江花月夜》。

"江畔何人初见月？江月何年初照人？人生代代无穷已，江月年年望相似。"天上的一轮明月，阅尽了人间的沧海桑田。世人伴月出生，望月临终，却终其一生也无法参透自然和宇宙的奥妙。

这样的月光，多么豪迈。这样的思考，何其深邃。其实，类似的问题，比张若虚早出生 987 年的楚国诗人屈原，也曾问过。

屈原是战国时期楚国的政治家。早年，他得楚怀王信任，历任左徒、三闾大夫等要职，掌管内政外交等大事。他提倡"美政"，主张对内举贤任能，对外联齐抗秦。然而，一片忠心，却遭他人排挤毁谤，最终落得一个被流放的下场。他徘徊于江边，彷徨于山林，报国无门的苦闷，谁人能诉？他问天、问地、问自然、问社会、问历史、问人生……终于写成被后世誉为"千古万古至奇之作"的《天问》。

"遂古之初，谁传道之？上下未形，何由考之？"千百年来，这探究生命本源的 173 个问题，一直响彻云霄、振聋发聩。

六

无独有偶，比张若虚小 14 岁的陈子昂，则用《登幽州台歌》表达了另一种孤独和豪迈。"前不见古人，后不见来者。念天地之悠悠，独怆然而涕下"，在广阔无垠、无始无终的时空坐标轴中，悼古，伤今。

比张若虚小 54 岁的"诗仙"李白，则写下了"今人不见古时月，今月曾经照古人。古人今人若流水，共看明月皆如此”的诗句。这和“江畔何人初见月？江月何年初照人？”何其相似……

不过，和屈原、陈子昂、李白等前人、后人不同的是，面对这样的月光，张若虚不仅对生命的开始和终结有了思考，还对共沐同一片月光却分离两地的爱人，有了更深的“同情”。

“谁家今夜扁舟子？何处相思明月楼？”月光洒在阁楼上，徘徊不去。闺中的女子，思念着出门在外的丈夫。此时此刻，他或许出征塞外，或许赴京赶考，或许为了生计到处奔波……

月亮很圆，月光很亮。他们可以同时遥望同一轮明月，却无法相依相偎、相伴相守。彼此之间隔着千重山、万道水……于是，阁楼上的女子，在月光下默默许下了心愿——“此时相望不相闻，愿逐月华流照君”。

既然共望月光而无法相见，那么，就让我追逐着月光，去照亮心爱的人吧。

七

当然，思念的对象，可以不只是爱人。

比张若虚晚出生 390 年的宋代词人苏轼，在一个丙辰年的中秋节，喝醉了，非常想念远方的弟弟苏辙。于是，他对月抒怀：“人有悲欢离合，月有阴晴圆缺，此事古难全。但愿人长久，千里共婵娟。”

古人安土重迁，故土难离，其实，不是因为他们保守，而是因为在那个交通不便、家书难托的时代，每一次生离，都有可能成为死别啊。

从初唐到现在，已经过去了 1000 多年。但借明月寄托思念之情，却一直未曾改变。无论是王菲的《水调歌头》，还是蔡琴的《明月

千里寄相思》，每每听到"人隔千里路悠悠，未曾遥问心已愁。请
明月代问候，思念的人儿泪常流"时，我脑海里浮现的，依然是张
若虚的"愿逐月华流照君"，依然是苏东坡的"但愿人长久，千里
共婵娟"。

天地之间，这份真心和真情，一直未曾改变。

八

斗转星移，历史的长河，流淌到了大唐盛世。

这一时期，大概持续了100多年。当时的国都长安城，规模盛
大，众多国家的国君、使臣、客商、僧侣、学者、工匠纷至沓来，
看到车水马龙的长安城，无不由衷赞叹。

"酒入豪肠，七分酿成了月光。余下的三分啸成剑气，绣口一
吐，就半个盛唐"，当代诗人余光中笔下的盛唐，气象万千，让人
心驰神往。

太平盛世中，青梅竹马的爱情，最是甜蜜。

公元701年出生于西域碎叶城的李白，堂堂七尺男儿，不仅有
与生俱来的豪迈，也有婉转蛾眉的柔情。读他写的《长干行》，那
种字里行间的缠绵婉约，总让我觉得，能写出此等文字的，必定是
一位多情女子。

"妾发初覆额，折花门前剧。郎骑竹马来，绕床弄青梅。同居
长干里，两小无嫌猜。"寥寥30个字，写活了一对小儿女的天真烂漫，
极富画面感。

琼瑶写的小说《婉君》中，女主人公婉君8岁嫁入书香门第周家，
为18岁的周家大少爷伯健冲喜。阴差阳错的是，8岁的婉君与9岁
的周家三少爷叔豪十分投缘。一对小儿女朝夕相处，斗蟋蟀，捉蝴蝶，

骑竹马，猜字谜……这样的情节，不正是《长干行》的现代版吗？

难怪蒋勋戏言，大家只知道琼瑶是言情小说高手，其实，真正的高手在唐代。一个"诗仙"李白，一句"相思相见知何日，此时此夜难为情"，就将百转千回的爱情写尽了。

九

在大唐由盛转衰的过程中，还有一曲爱的挽歌，那就是"诗魔"白居易笔下的《长恨歌》。

总觉得，唐玄宗的爱情来得太晚。这位25岁发动"唐隆政变"、27岁登基称帝的天之骄子，将人生中最好的年华都献给了大唐天下，开创了"开元盛世"。但他内心深处似乎有种不甘。

直到54岁那年，当他第一次看到20岁的儿媳妇杨玉环时，终于恍然大悟。原来，这种不甘就是不曾好好地爱过一个人。

于是，他抛开年龄、伦理、辈分等所有问题，不管不顾地爱上了比自己小34岁的杨玉环。从公元744年到756年，他和她，志同道合，夫唱妇随，度过了各自人生中一段"最美的时光"。

白居易的《长恨歌》，抛开了唐玄宗的帝王身份，将他对杨玉环的爱，还原成一个男人对一个女人的欣赏和疼爱。只可惜，这个男人是天子。身为天子，有时，爱情不得不让位于天下。

755年，"安史之乱"爆发。唐玄宗带着杨玉环流亡蜀中。途经马嵬驿时，"六军不发无奈何，宛转蛾眉马前死"，杨玉环自缢身亡，香消玉殒。即使贵为天子，唐玄宗也无能为力。"君王掩面救不得，回看血泪相和流。"

从此，这对曾经发愿"在天愿作比翼鸟，在地愿为连理枝"的有情人，只能"此恨绵绵无绝期"……

十

转眼之间，时光的车轮碾过百年，到了宋朝。

北宋才子苏轼悼念亡妻王弗的心情，和唐玄宗思念亡妻杨玉环的心情，其实并无二致。读苏轼的《江城子》，总是令人心碎。

"十年生死两茫茫。不思量，自难忘。千里孤坟，无处话凄凉。纵使相逢应不识，尘满面，鬓如霜。夜来幽梦忽还乡，小轩窗，正梳妆。相顾无言，惟有泪千行。料得年年肠断处，明月夜，短松冈。"窃以为，古往今来，很少有人能像东坡先生这样，将对已故之人的思念写得如此深情、真挚。

这首词被琼瑶女士写入了小说《哑妻》的结尾，借以表达男主角柳静言对亡妻方依依的愧疚和思念，十分妥帖。

十一

越过元、明两朝，转眼到了清朝乾隆、道光年间。

姑苏城南，沧浪亭畔，江南才子沈复将他和妻子芸娘的爱情，在他45岁那年，写进了自传体散文《浮生六记》。从此，他们的爱情，得以穿越历史的尘埃，活在当下。

中秋夜，他们相携游沧浪亭。夜，很温柔。微风像是从袖底而出，月光在湖心荡漾流转。轻风抚面，似在心间温柔而过。芸娘倚着夫君的肩膀，喃喃低语："下一世，我们还能做夫妻吗？还能一起游湖赏亭吗？"

"哦，好像在前世时，就听你问过这个问题了啊。"他如此机智又暖心的答复，让她不禁笑出声来。因为前世有约，才有了今生的相伴。他不仅要给她今生的幸福，还要期盼来世的相守。上辈子、这辈子、下辈子，生生世世。

十二

西汉才女卓文君，写《白头吟》赠夫君司马相如。

"愿得一人心，白头不相离"，和《诗经》中的"执子之手，与子偕老"，遥相呼应，任凭时光碾过千年，依然在历史深处余音缭绕，绵延不绝。

这是一个人对另一人的真心、真情，亦是天下所有有情人的共同心愿。

愿所有的情深义重，都能换来岁月温柔，不必回头。愿平凡如你我，都能靠在爱人肩头，细细体会尘世中最平凡、最可贵的幸福。

从羲之坦腹到裴宽埋肉

一

自古以来，窈窕淑女，君子好逑。

在东晋和大唐，有这样两位青年才俊，他们没有主动去"求淑女"，却凭一个细节，不经意间被淑女的父亲看中了，择为贤婿，于是抱得美人归。

他们是东晋的王羲之和盛唐的裴宽。

其实，王羲之和裴宽的丈人是真正的高手。他们深知一个道理——细节见人品。

细节里藏着最真实的人品。

二

303 年，王羲之出生于一个显赫人家——魏晋名门琅琊王氏，伯父是东晋开国元勋、大将军王导。

王导领衔的琅琊王氏在东晋有多牛呢？用一句话概括，就是"王与马，共天下"。言下之意，就是琅琊王氏与皇室势均力敌，可以共治天下。

说起来,司马睿从东渡到登基,确实主要依赖于琅琊王氏家族王导、王敦兄弟的大力支持。王导主内,被司马睿尊称仲父,联合南北士族,运筹帷幄,纵横捭阖;王敦主外,总掌兵权,专任征伐,后来又坐镇荆州,控制建康。

朝廷上下,四分之三以上的官员出自琅琊王氏,或者与琅琊王氏有关。

虽然出身于这样的家族,但王羲之并不骄奢,而是醉心于书法,精研体势,心摹手追,博采众长,渐渐摆脱汉魏笔风,自成一家。

和王导同朝为官、私交甚厚的太尉郗鉴,有个女儿名叫郗璿,二八年华,容貌出众,是郗鉴的掌上明珠。

郗鉴听说王家子弟众多,才貌俱佳,就把为女择婿的想法告诉了王导。王导一口答应:"我家子弟很多,凡你相中的,不管是谁,我都同意。"

郗鉴就派心腹管家到王导家中相看,管家回来后对郗鉴说:"王家的年轻人都很值得称赞,他们听说来选女婿,都仔细打扮了一番,竭力保持庄重。不过,有一个年轻人却穿着家常衣服,还露出肚子,坐在胡床上吃胡饼,神色自若,好像漠不关心似的。"

郗鉴眼睛一亮,拍手叫好道:"此人气度不凡,当是佳婿!"

管家说的这个年轻人,就是16岁的王羲之。此后不久,郗鉴就把女儿郗璿嫁给了王羲之。夫妻俩一见钟情,相敬如宾。王羲之的七子一女均为郗璿所生。

三

裴宽出生于681年,河东闻喜(今山西省闻喜县)人,父亲裴无晦，官至袁州刺史。

裴宽生性通敏，喜欢骑射、下棋、投壶等活动，尤其擅长文辞。710年，29岁的裴宽升任润州（今江苏镇江）参军。

润州刺史名叫韦诜，有一女儿，年方二八，正待字闺中。

韦氏是京兆名族，门第显赫。韦夫人有四个选婿标准，即门第相若、家门势盛、仕途通显、声名远扬。可是，符合这四个标准的才俊上门求亲，却被韦诜婉言谢绝了。韦夫人很蒙，不明白夫君到底要给女儿找个什么样的夫婿。

711年春天，一个风和日丽的日子，韦诜命人在城楼上摆下果品美酒，携妻女登城望远，欣赏大好春光。

碧空万里，丝柳萦烟，桃李争芳，燕绕朱梁，韦诜心情舒畅，极目远眺，忽然看见远处一户人家的后花园里，有几个人正在挖坑，将几大块肉埋了进去。韦诜一阵疑惑，叫来一个小吏，指着那户人家问："可知那是谁家？"小吏回道："回大人，乃参军裴宽居所。"韦诜点了点头，命小吏请裴宽来说话。

裴宽很快就随小吏来了。韦诜问他为何在后院埋肉，裴宽行了一礼，有些不好意思道："禀告大人，今日下官不在家时，有人送来鹿肉，放下就走，不曾留下姓名。下官不能接收不义之馈赠，却又无处退还，思前想后，只好让家童将鹿肉埋了，没想到让大人看见了。"

韦诜心中不由一阵惊喜，想不到裴宽如此品行端方、洁身自好，这不就是自己苦苦寻找的良婿吗？他哈哈笑道："我有一女，愿许你为妻。"

裴宽早就听说韦诜的女儿容貌清丽、秀外慧中，也听说韦诜择婿极其挑剔，如今竟然听韦诜说愿意将女儿下嫁给他，这不是天大的惊喜吗？裴宽喜得不知如何是好，连连向韦诜拜谢。

这晚，韦诜就跟夫人说："我为女儿遍求佳婿，今日总算找到了。"

得知韦诜说的佳婿是刺史府参军裴宽时，韦夫人一脸愕然。裴宽官位不高，生活清俭，身材瘦削，皮肤略黑，显然不如之前来提亲的才俊，为何韦诜看不上他们，却偏偏看中了裴宽呢？

韦诜一脸笃定地说："身无令德之人，只是人奴之材。以裴宽之品行，将来当是贤公侯也！"

不久，在韦诜的主持下，裴宽和韦氏成亲。婚后，夫妻相敬相爱，白头到老。

韦诜果然没有看错人，裴宽公正廉明，体恤民情，历任中书舍人、御史中丞、兵部侍郎、东海太守、襄州采访使等职，最后官拜礼部尚书。由于他政绩卓著，唐玄宗赐他紫金袋，并亲笔题写"德比岱云布，心似晋水清"褒奖他。裴宽去世后，被追赠为太子少傅。

裴宽和韦氏所生之子裴谞，也成为大唐一代名臣。

四

电视剧《何以笙箫默》中有这样一个细节，何以琛跟赵默笙结婚后，邀请同事们来家里做客，把赵默笙介绍给同事们认识。其中有个同事一脸惊喜地发现，原来何律师的妻子就是那个捡到他的钱包并主动还给他的美女！她有感而发："拾金不昧多么重要，以后捡到了钱包，一定要记得归还。"

虽然何以琛和赵默笙不是因为归还钱包而认识的，虽然这个同事是在开玩笑，但是仔细想想，她的话很有道理。

物以类聚，人以群分。你是怎样的人，就会遇到怎样的人；你想遇到怎样的人，就要先成为这样的人。

李叔同在《晚晴集》中写道："世界是个回音谷，你大声喊唱，山谷雷鸣，音传千里，一叠一叠，一浪一浪，彼岸世界都收到了。凡事念念不忘，必有回响。因它在传递你心间的声音，绵绵不绝，遂相印于心。"

请相信，一个相信真、善、美的人，遇到同样相信真、善、美的人的概率一定更大。王羲之如是，裴宽如是，平凡如你我，亦如是。

二、唐宋风流

千挑万选的婚姻，无关爱情

一

她出生于 634 年，是唐太宗李世民和长孙皇后的小女儿，备受父皇、母后宠爱，人称新城公主。

她 9 岁那年，父皇为她做主，将她许配给魏征的嫡长子魏叔玉。然而，仅仅三个月后，父皇又亲笔下诏，取消了她和魏叔玉的亲事。

她 15 岁那年，父皇又为她挑选了一个夫婿——长孙皇后的娘家堂弟长孙诠。即将成亲之际，父皇去世，她为父皇守丧三年。三年后，才由皇兄唐高宗做主，嫁入长孙家。

她以为可以和长孙诠安稳过完一生，不料仅仅七年后，她 25 岁那年，长孙诠被唐高宗流放赐死。

她心灰意冷，不想改嫁他人，却被皇兄强行安排，改嫁韦正矩。四年后，她郁郁而终。或许，她到死都无法明白，这一生，为何伤她最深的人，是口口声声说最爱她的父皇和皇兄？

如果有来生，她定不愿再生于帝王家。

二

新城公主从出身看，可谓贵不可言。父皇是唐太宗李世民，母后是一代贤后长孙皇后。长孙皇后是唐太宗一生敬爱的女人，她为唐太宗生育了三子四女，其中，最小的女儿就是新城公主。

新城公主从出生时间看，可谓生逢其时。她出生于 634 年，这一年，是她父皇执政的第九个年头。唐太宗自 626 年登基以来，对内文治天下，劝课农桑，发展经济，休养生息；对外开疆拓土，攻灭东突厥、薛延陀，征服高昌、龟兹和吐谷浑，重创高句丽，设立安西四镇，获得尊号"天可汗"。此时的大唐，国泰民安，繁荣昌盛，被誉为"贞观之治"。

新城公主出生时，唐太宗 35 岁，长孙皇后 33 岁，从古代婚育年龄看，她可谓"晚来子"。唐太宗爱屋及乌，对长孙皇后生的七个子女都很疼爱，尤其是对新城公主，更是格外宠爱。

然而，新城公主两岁那年，长孙皇后就去世了。去世前，长孙皇后最放心不下的，就是还在蹒跚学步的新城公主。唐太宗悲痛难忍，含泪答应长孙皇后，定会照顾好新城公主。唐太宗说到做到，即便国事再忙，都会亲自过问新城公主的饮食起居。

转眼间，新城公主 8 岁了，唐太宗正式册封她为衡山郡公主。

其实，这个"衡山郡公主"的封号并不合规。《唐六典》规定："凡名山、大川及畿内县，皆不得以封。"也就是说，唐朝的宗室皇亲封爵封号，不能以名山大川及其范围内的县的名字命名。然而，唐太宗偏偏为新城公主破例，将五岳之中的衡山范围内的衡山郡赐给女儿做封爵称号。

除了在封爵称号上为新城公主破例，唐太宗还在实封食邑上破例。

唐初，公主要等成年出嫁之后才会获得实封食邑，算是父皇赐给的嫁妆。但是，唐太宗册封新城公主为衡山郡公主后，就赐给了她实封食邑，这是唐太宗的所有女儿中独一无二的待遇，可见他对新城公主有多宠爱。

或许，唐太宗将对长孙皇后的全部思念，都寄托在了长孙皇后最放心不下的小女儿身上。

三

唐太宗明白，身为父亲，只能陪女儿走一程，真正陪伴女儿走完一生的，是她的夫君。因此，新城公主的婚姻，唐太宗最为操心，他要亲自为她挑选天底下最好的夫君。

唐太宗为新城公主挑选的第一位夫君，是一代名臣魏征的嫡长子魏叔玉。

643年，魏征病重，唐太宗很关心，不仅为魏征寻医问药，赏赐给他灵丹妙药，还特派护卫住在魏征家中，及时向他汇报魏征的病况。然而，魏征始终没有好起来。

在魏征即将辞世时，唐太宗带着太子李承乾和年仅9岁的新城公主，来看魏征最后一眼。

在魏征生命的最后一刻，唐太宗含着热泪说，如果还有什么尚未完成的心愿，只管和他说，他一定帮魏征完成。

魏征强撑着病体，言辞恳切地道："嫠不恤纬，而忧宗周之亡。"

可叹魏征一生都在忧国忧民，到死都不担心自己的身体，而是担心大唐的未来。

唐太宗不由想起他们君臣在一起时的一幕幕情景，悲从中来，潸然泪下。突然，他想到魏征的嫡长子魏叔玉已经年满20岁，尚未婚配，当即授魏叔玉为朝散大夫，赐牙笏，并拉过新城公主的小手，对魏征说："魏公，睁开眼睛看看你的儿媳吧。"此时的魏征，已经陷入昏迷，无法谢恩了。第二天，魏征安然离世。

虽然魏叔玉比新城公主年长 11 岁，但魏叔玉有足够的耐心等她长大。他们一个是一代名臣魏征的嫡长子，一个是唐太宗李世民最宠爱的小女儿，这是令天下人都羡慕不已的天作之合。

然而，因为一场意外，魏叔玉彻底失去了新城公主。

四

就在魏征去世三个多月后，发生了太子李承乾谋逆，企图逼迫唐太宗提前退位的事情。开国功臣侯君集和太子左庶子杜正伦都牵扯其中。李承乾谋反事败后，侯君集被杀，杜正伦被流放驩州。

本来，魏征已经去世，和此案没有丝毫关系。但唐太宗忽然想到，魏征生前曾向他鼎力推荐过这两人，说他们都有宰相之才，他不由怀疑魏征和侯君集结党营私。

不久，唐太宗又得知，魏征曾把他写给皇上的劝谏奏折拿给史官褚遂良览阅。唐太宗顿时怒从心起，认为魏征有意博取谏臣之名。

于是，唐太宗对魏征的态度来了个一百八十度大转弯，从原来的欣赏、感激变成了厌恶、猜忌。他命人推倒了魏征的墓碑，并亲笔写下诏书，取消了新城公主与魏叔玉的亲事。

对新城公主来说，从赐婚到取消婚事，仿佛都和她无关。要把她嫁给魏叔玉的，是父皇；不让她嫁给魏叔玉的，也是父皇。自始至终，都不需要她本人发表任何意见，父皇替她全权决定。

五

如果说父皇为她挑选第一个夫君时，她只有 9 岁，没有选择的权利，那么当父皇为她挑选第二个夫君时，她已经 15 岁，却一样没有选择的权利。

649 年，唐太宗为新城公主选定了长孙皇后的堂弟长孙诠。

从辈分看，长孙诠是新城公主的堂舅，他们的婚姻似乎乱了辈分。但李唐皇室并不在意辈分，况且长孙诠虽然是新城公主的堂舅，但年龄比新城公主还小两岁，唐太宗认为甚妥。

唐太宗为何最终决定将新城公主嫁入长孙家族？其中有唐太宗的深谋远虑。一方面，唐太宗敬爱长孙皇后，爱屋及乌，对长孙家族另眼相看；另一方面，长孙皇后的同母哥哥长孙无忌，与唐太宗是布衣之交，随唐太宗南征北战，参与策划"玄武门之变"，在凌烟阁二十四位功臣中位列第一，是唐太宗的心腹谋臣、股肱之臣。因此，唐太宗很乐意和长孙家族联姻。

早在 633 年，唐太宗就将长孙皇后生的嫡长女长乐公主，嫁给了长孙无忌的嫡长子长孙冲。可惜，婚后十年，643 年，长乐公主就英年早逝。

如今，唐太宗把最钟爱的小女儿新城公主嫁入长孙家族，无疑是向朝堂宣布，他非常器重长孙家族。

六

唐太宗为新城公主择定夫君后，身体大不如前。他命人立刻筹备新城公主的婚礼，想亲眼看到宝贝女儿出嫁。

唐太宗要求按公主的最高规格嫁新城公主，婚礼的筹备工作自然十分复杂。649年7月，婚礼尚未筹备好，唐太宗就病逝了。

当年，长孙皇后放心不下新城公主，因为她太年幼；如今，唐太宗也放心不下新城公主，因为她还没出嫁。

临终前，唐太宗特地交代李治，务必风风光光将妹妹嫁入长孙家。

李治即位后，是为唐高宗。唐高宗与新城公主是一母同胞的亲兄妹，他自然十分宠爱幼妹。他谨记父皇的嘱托，在子女百天除丧服之后，就想让妹妹尽快完婚。不过，太子太师于志宁认为，为人子女者，须守孝满三年方可婚配。唐高宗只得按照老师的说法，让妹妹继续守孝。

三年后，即652年，唐高宗将新城公主的封爵称号由原来的衡山郡公主改为新城长公主，并增加食邑五千户，作为新城公主的嫁妆，将妹妹风风光光地嫁了。这一年，新城公主18岁。

她是大唐封邑最高的公主，唐高祖李渊的女儿、唐太宗的其他女儿都没有她这么高的封邑。由此可见，新城公主不仅深得父皇宠爱，也很受哥哥宠爱。

七

新城公主和长孙诠虽然是政治联姻，但两人的婚后生活算得上幸福美满。据新城公主墓志铭记载，她与长孙诠婚后"调谐琴瑟，韵偃笙簧。标海内之嫔风，为天下之妇则者矣"。

然而，新城公主与长孙诠万万没有料到，七年后，也就是659年，他们的婚姻竟然走到了尽头。

事情要从649年唐太宗病逝时说起。唐太宗弥留之际，拉着太子李治和太子妃王氏的手，对托孤大臣长孙无忌和褚遂良说："朕佳儿佳妇，今托付于卿。"希望他俩能好好辅佐李治和太子妃。

先帝托孤，一般是把太子托付给大臣，而把儿媳妇托付给大臣，在历史上并不多见，可见唐太宗很器重太子妃王氏。

王氏出身于太原王氏，属于"五姓七望"。隋唐时期，五姓女地位尊崇，达官贵人纷纷以娶五姓女为荣。唐太宗让李治娶王氏为妻，无疑为李治带来了"五姓七望"的支持。

长孙无忌没有辜负唐太宗的重托，尽力辅佐李治。李治即位后，拜长孙无忌为太尉、同中书门下三品。长孙无忌在朝中的地位，可谓"一人之下，万人之上"。

八

然而，武则天闯入唐高宗的世界后，唐高宗和王皇后的矛盾愈演愈烈。尤其是654年武则天的长女离奇死亡后，唐高宗勃然大怒，听信武则天的一面之词，坚信小公主死于王皇后之手，"废王立武"的念头愈发强烈。

受唐太宗临终托孤的长孙无忌、褚遂良，自然强烈反对唐高宗"废王立武"。和长孙无忌、褚遂良一起反对"废王立武"的，还有宰相韩瑗、来济等诸多元老大臣。韩瑗除了是宰相，还是长孙诠的亲姐夫。

655年10月，唐高宗不顾长孙无忌等人强烈反对，以"阴谋下毒"的罪名，将王皇后和萧淑妃废为庶人，囚于别院，并下诏将武则天立为皇后。

659年4月，武则天坐稳皇后之位后，以长孙无忌为首的反对过她的人，全部受到了政治清算。长孙无忌被流放赐死，韩瑗、来济等人被削职免官，贬出京师……

可怜长孙诠，从头到尾都没有参与过反对武则天立后之事，仅仅因为他是长孙家族的人，武则天就以唐高宗的名义下旨，强制他与新城公主离婚，他被流放并赐死！

九

652 年，唐高宗以大唐封邑最高的公主的规格，亲自将新城公主嫁给长孙诠；659 年，唐高宗为了满足武则天的复仇欲望，不惜赐死长孙诠，亲手毁了新城公主的婚姻。

据新城公主墓志铭记载，长孙诠去世后，她悲痛欲绝，以泪洗面，从此不再梳妆打扮，以消极的态度来表达她对唐高宗和武则天的强烈不满。

唐高宗看到妹妹如此消沉，心中到底不忍，决定再给妹妹挑选一位夫君。他天真地以为，天下男人何其多，妹妹何愁找不到好夫君？他哪里知道，在他赐死长孙诠的那一刻，他就已经亲手毁了妹妹一生的幸福。

长孙诠死后不久，唐高宗自作主张，为新城公主挑选了出身于京兆韦氏的韦正矩。

为了表达对妹妹的疼爱，在韦正矩与新城公主成亲后，唐高宗一日之间连续给韦正矩越级升官，韦正矩从文书小吏一跃成为朝廷高官。

但是，新城公主始终难以忘记长孙诠，与韦正矩结婚后依然没有走出失去长孙诠的悲伤，终日郁郁寡欢。

663 年，新城公主积郁成疾，病情一日甚似一日。唐高宗听说后，立即下旨修建寺庙，为新城公主祈福。不过，寺庙还没建好，新城公主就病重去世了，年仅 29 岁。

十

新城公主死后，唐高宗特意下旨，以皇后之礼将其安葬在父皇李世民的昭陵旁边。

这是当时女人所能享受到的最高级别的葬礼，比公主的葬礼级别要高一级。整个唐朝的公主，只有新城公主享受到了皇后级别的葬礼。

或许，直到新城公主死后，唐高宗才终于明白，赐死长孙诠，对妹妹打击有多大。妹妹的死，他难辞其咎。百年后，他该如何去见父皇？于是，他特赐妹妹享受皇后级别的葬礼。好像只有如此，方能减轻他心中的一些愧疚。

回顾新城公主的一生，第一个夫君魏叔玉，因为政治，被父皇下诏取消婚事；第二个夫君长孙诠，同样因为政治，被皇兄下诏赐死；第三个夫君韦正矩，她并不想嫁，却被皇兄强行赐婚……

她心中空茫，日复一日，终成抑郁。她实在无法明白，口口声声说爱她的父皇和皇兄，到底是爱她，还是爱他们自己？到底是为她好，还是压根儿不顾及她的感受？

锦衣玉食的生活，终究敌不过内心的虚无。对她来说，若能生在一个寻常家庭，嫁一个寻常男子，过寻常人的日子，是不是会更幸福一些呢？

繁华幻灭，咫尺天涯

一

心如止水，或许是因为曾经波澜壮阔过。

若非经历过大风大浪，怎知风平浪静的可贵？

心如死灰，或许是因为曾经熊熊燃烧过。

若非轰轰烈烈，怎会有真正的灰烬？

从繁华到幻灭，并非隔着千重山、万道水，而只是硬币的两面，咫尺的距离。

滚滚红尘中，有这样一位翩翩公子，在繁华和幻灭之间游刃有余。他的前半生，少年得意，赢得功名，享尽繁华；他的后半生，轻轻放下，寄情山水，与佛结缘。

他就是被后人誉为"诗佛"的唐朝诗人王维。

二

出生于公元 701 年的王维，和李白同龄，比李白早去世一年。

李白是"诗仙"，王维是"诗佛"，他们都是盛唐诗坛上的明星。不过，在仕途上，王维显然要比李白更顺风顺水。

王维从小多才多艺，有惊人的音乐天赋、表演才能，以及诗歌、书画方面的特长。

据《唐才子传》记载："维，字摩诘，太原人。九岁知属辞，工草隶，娴音律。"

公元721年，21岁的王维凭一曲琵琶原创独奏《郁轮袍》，获得李隆基的同胞妹妹玉真公主的赏识。同年，他参加科举考试，状元及第，此后历任右拾遗、监察御史、河西节度使、吏部郎中、给事中等官职，可谓"春风得意马蹄疾""银鞍白马度春风"。

而李白的一生，大多数时间是在长安城"今朝有酒今朝醉"的"北漂"一族，用杜甫的话说，是"冠盖满京华，斯人独憔悴"。

三

王维的朋友圈中，不乏皇亲国戚、非富即贵之人。据《旧唐书·王维传》记载："凡诸王驸马豪右贵势之门，无不拂席迎之，宁王、薛王待之如师友。尤为岐王所眷重。"

岐王是唐玄宗李隆基的弟弟李范，"好学爱才，雅善音律"。杜甫在《江南逢李龟年》中也曾提到他——"岐王宅里寻常见，崔九堂前几度闻"。

王维与岐王过从甚密，从他写的《从岐王过杨氏别业应教》《从岐王夜宴卫家山池应教》《敕借岐王九成宫避暑应教》等诗中，就可略知一二。

长安贵族的奢华生活，被他诉诸笔端。一曲《洛阳女儿行》，写尽了洛阳贵妇生活的富丽豪贵——"良人玉勒乘骢马，侍女金盘脍鲤鱼。""罗帏送上七香车，宝扇迎归九华帐。""城中相识尽繁华，日夜经过赵李家。"

应该说，"安史之乱"前的王维，亲历繁华，达到了人生的巅峰。

四

改变王维人生的，是安史之乱。

755 年，"安史之乱"爆发，唐玄宗带着杨贵妃仓皇逃离长安城。51 年后，唐朝诗人白居易在《长恨歌》中这样形容："渔阳鼙鼓动地来，惊破霓裳羽衣曲。九重城阙烟尘生，千乘万骑西南行。"

李隆基离开了长安，但一大批臣子来不及离开，留在了长安。王维也在其中。混乱中，他被叛军捕获，被迫担任伪官，身不由己地成了"唐奸"。据《旧唐书·王维传》记载："禄山陷两京，玄宗出幸，维扈从不及，为贼所得。维服药取痢伪称痦病。禄山素怜之，遣人迎置洛阳，拘于普施寺，迫以伪署。"

王维的无奈和痛苦，唯明月可鉴。

757 年秋天，在郭子仪等重臣的努力下，唐军相继收复长安、洛阳，唐玄宗、唐肃宗返回长安。王维等被安禄山、史思明叛军任职的伪官都被捕入狱。在唐肃宗看来，投效叛军的"唐奸"，罪不可恕，当斩首示众。

王维生死悬于一线之际，是一首诗和一个人救了他。

五

这首诗是他写的《菩提寺禁裴迪来相看说逆贼等凝碧池上作音乐供奉人等举声便一时泪下私成口号诵示裴迪》，一般简称《凝碧池》。

安、史叛军在长安残酷暴虐，在崇仁坊将包括霍国公主在内的80多个皇室宗亲剖腹挖心，梨园乐工雷海青因不愿为安禄山演奏而被残忍肢解。

据《明皇杂录》记载："安禄山大宴凝碧池……乐既作，梨园旧人不觉唏嘘，相对泣下。群逆皆露刃持满以胁之，而悲不能已。有乐工雷海青者，投乐器于地，西向恸哭。逆党乃缚海青于戏马殿，肢解以示众，闻之者莫不伤痛。"

此时的王维，被安禄山拘禁在菩提寺。好友裴迪来探望他时，谈到了乐工雷海青的悲惨遭遇。王维听了，悲愤难抑，写下了"万户伤心生野烟，百僚何日更朝天？秋槐叶落空宫里，凝碧池头奏管弦"。

六

这个人，则是他的亲弟弟王缙。

王维弟兄五人，他是长兄，兄弟感情颇深。

王维17岁那年，离开家乡，到长安谋取功名。对一个少年游子来说，繁华的帝都毕竟只是举目无亲的"异乡"。重阳节那天，他写了《九月九日忆山东兄弟》："独在异乡为异客，每逢佳节倍思亲。遥知兄弟登高处，遍插茱萸少一人。"对兄弟的思念之情，溢于纸上。

王维的一个弟弟，名叫王缙。和哥哥一样，他从小好学，科举及第，以文才闻名。

"安史之乱"时，王缙担任太原少尹，协助李光弼守卫太原，颇有功绩和谋略，升任刑部侍郎。"安史之乱"平息后，得知哥哥入狱受审，王缙急忙请求免除自己的官职，只为替兄长赎罪。

这份手足之情，令人动容。

七

因为弟弟王缙的求情和王维这首表明心迹的诗，唐肃宗免除了王维的死罪，他仅受贬官处分。其后，博学多才的王维，升任太子中允、尚书右丞等职，世称"王右丞"。

表面上，"安史之乱"带来的牢狱之灾就这样化险为夷了，但它对王维的人生观、价值观、世界观都产生了极大的影响。

官居尚书右丞的王维，早已看透仕途的险恶，想超脱这个烦扰的尘世。于是，他吃斋奉佛、学庄信道，"居常蔬食，不茹荤血""在京师日饭十数名僧"，晚年常居蓝田辋川别墅，过起了半官半隐的生活。

758年，57岁的他写了五言律诗《终南别业》。这是他晚年的代表作之一："中岁颇好道，晚家南山陲。兴来每独往，胜事空自知。行到水穷处，坐看云起时。偶然值林叟，谈笑无还期。"

表面上，诗人在写他独自信步漫游，走到水的尽头，坐下来看行云变幻。同山间老人谈谈笑笑，把回家的时间也忘了。其实，他在表达一种生命的状态。如果说王维写"谁怜越女颜如玉，贫贱江头自浣纱"时，还在替"颜如玉的越女"得不到世俗意义上的赏识而可惜，那么写"行至水穷处，坐看云起时"，他已经觉得"自浣纱"才是一种完成自我的形式，才是自足的人生。至于别人是否认可，又有什么重要呢？

王维晚年还有一首表明心迹的诗《叹白发》："宿昔朱颜成暮齿，须臾白发变垂髫。一生几许伤心事，不向空门何处销。"

比王维晚出生336年的北宋诗人苏轼，和王维一样，性情洒脱，参禅悟道。他欣赏王维的诗、书、画、音乐，感叹道："味摩诘之诗，诗中有画；观摩诘之画，画中有诗。"

八

有人说，要么做出世的智者，要么做入世的强者，如果都做不到，就做一个性格阳光的普通人吧。

王维既是出世的智者，又是入世的强者。他一生向往隐居，却到死都在做官。在出世和入世之间，他找到了某种平衡，既写得出"行到水穷处，坐看云起时"这样不沾人间烟火的闲适，又写得出"人情翻覆似波澜，白首相知犹按剑"这样看透世事的豁达。

看遍人情冷暖，却依旧通透洒脱。从大繁华到大幻灭，对王维来说，并非跨越天涯，而只是一念之间。

一念放下，万般自在。只要内心是通透的，生活便不再起波澜。

无敌，是寂寞

一

夜深人静时，听李健的《贝加尔湖畔》："月光把爱恋洒满了湖面，这一生一世，有多少你我，被吞没在月光如水的夜里……"李健的歌声，自有一种不食人间烟火的味道，可以将世间的喧嚣悄然屏蔽，还心灵以夜凉如水的平静。脑海里，飘过了李白。没错，就是那个唐代大诗人李白。

他的家，在碎叶城。城边有一个和贝加尔湖一样美丽的湖泊——巴尔喀什湖。他的一生，和月光有关，和湖水有关。或者说，开始于月光，终结于湖水。在月光和湖水之间，留下了他的一生。

二

公元 701 年，李白出生在碎叶城，这是唐朝在西部地区设防最远的一座边陲城市，与龟兹、疏勒、于田并称为"安西四镇"。

李白 5 岁那年，突厥人入侵碎叶，李家只好举家东迁，来到了蜀中绵州昌隆县（今四川江油）青莲乡定居。那时，李白的父母一定不会料到，他们洒脱不羁的儿子，若干年后竟会成为中国诗歌文化上绕不过去的高峰！

不说自唐以降有多少文人墨客写诗为文，仰慕李白，怀念李白，单说和李白同时代的诗人，就不知为他写了多少赞歌！特别是比李白小11岁的杜甫，对李白的崇拜之情，简直就像滔滔江水连绵不绝。

杜甫说："白也诗无敌，飘然思不群。清新庾开府，俊逸鲍参军。"

杜甫说："秋来相顾尚飘蓬，未就丹砂愧葛洪。痛饮狂歌空度日，飞扬跋扈为谁雄。"

杜甫说："世人皆欲杀，吾意独怜才。敏捷诗千首，飘零酒一杯。"

杜甫说："昔年有狂客，号尔谪仙人。笔落惊风雨，诗成泣鬼神。"

都说文人相轻，杜甫却毫不掩饰地赞美李白，俨然是李白妥妥的"小迷弟"。他俩性格完全不同，却如此惺惺相惜。

比李白、杜甫晚出生很多年的韩愈，想起那个远去的盛唐诗坛，不禁对李白和杜甫赞美道："李杜文章在，光焰万丈长。不知群儿愚，那用故谤伤。"

在李白去世1200多年后的今天，他的诗依然家喻户晓。从"床前明月光，疑是地上霜"到"飞流直下三千尺，疑是银河落九天"，从"郎骑竹马来，绕床弄青梅"到"相思相见知何日？此时此夜难为情"，从"蜀道之难，难于上青天"到"乘风破浪会有时，直挂云帆济沧海"，李白的诗仿佛就是一颗唐诗的种子，在每个中国人心中生根、发芽、开花、结果。

借用宋代词人叶梦得评价柳永的"凡有井水处，皆能歌柳词"，我们可以说："凡有华人处，皆能吟太白诗。"

当代人赞美李白的诗歌中，我最喜欢的是台湾诗人余光中先生写的《寻李白》——

"怨长安城小而壶中天长，在所有的诗里你都预言，会突然水
遁，或许就在明天。"

"凡你醉处，你说过，皆非他乡。失踪，是天才唯一的下场。"

"樽中月影，或许那才是你故乡，常得你一生痴痴地仰望？"

"酒入豪肠，七分酿成了月光，余下的三分啸成剑气，绣口一
吐，就半个盛唐！"

一首《寻李白》，不仅写尽了李白的狂放不羁，更写尽了盛唐
的万千气象。

三

多年前，看过周星驰导演的电影《美人鱼》。影片中，邓超饰
演的男主角唱了一首题为《无敌》的歌，这首歌风靡大街小巷。其中，
有这样一句歌词："无敌是多么多么寂寞，无敌是多么多么空虚。"
这首歌由星爷亲自作词作曲，本身就是星爷内心的投射和写照。

无敌是一种怎样的境界呢？通俗地说，就是太牛了！牛到天下
无敌手，牛到天下没朋友。文雅地讲，就是高处不胜寒。不是吗？
巅峰向来只有一点点，容不得许多人站，站在巅峰的人，注定是寂
寞的。

有如此让人仰视的诗歌成就的李白，他的一生，无论表面上看
起来多么热闹，他的内心都注定是寂寞的。他的寂寞，是在人间找
不到对手和知音的寂寞。

李白号青莲居士，又号谪仙人，被世人誉为"诗仙"。无论是
"谪仙人"，还是"诗仙"，一个"仙"字，注定他的人和他的诗，
都不适合用人间的标准去衡量。他只想活成他自己喜欢的样子。

如果李白听到了星爷创作的《无敌》这首歌，他会怎么想？我

想，他会举起酒杯，和星爷把酒言欢。于他而言，无敌，确实是多么多么寂寞，确实是多么多么空虚。他无尽的寂寞，谁能明白？

或许，星爷可以明白。或许，美酒、明月、孤影、鲜花能够明白。

他在人群中或许感到寂寞，用杜甫的话说，就是"冠盖满京华，斯人独憔悴"，但当他和美酒、明月、孤影、鲜花相伴时，他的寂寞会一扫而空，他的世界会活色生香起来！

四

李白一生爱酒，常常痛饮大醉。大醉之后，他常不自觉地流露出遗弃世俗之意。

比如，他在《将进酒》中感慨："钟鼓馔玉不足贵，但愿长醉不复醒。古来圣贤皆寂寞，惟有饮者留其名。"

他在《宣州谢朓楼饯别校书叔云》中叹息："弃我去者，昨日之日不可留；乱我心者，今日之日多烦忧……抽刀断水水更流，举杯消愁愁更愁。"

因为喝酒误事，李白有过很多惨痛的教训。比如，因醉酒丢了老婆。比如，因醉酒赐金放还。

先说丢了老婆。738年，李白第一任妻子许紫烟去世，李白带着一儿一女离开许家，迁至安徽南陵定居。第二年，李白娶刘姓女子为妻。婚后，李白一如既往地嗜酒如命，常常烂醉如泥，夜不归宿，完全没有好好过日子的模样。刘氏忍无可忍，不到一年就弃李白而去，李白再次孤身一人。他并不责怪刘氏，而是叹了口气，自嘲地笑了笑，写了一首《赠内》："三百六十日，日日醉如泥。虽为李白妇，何异太常妻。"

再说赐金放还。742 年秋天，李白被秘书监贺知章推荐担任翰林供奉。743 年春天，春风送暖，贺知章约了李白等酒友在曲江的画舫上开怀畅饮，好不痛快。

说来也巧，李隆基也正陪着杨玉环在兴庆宫花萼相辉楼赏春，乐工把杨玉环喜欢的曲子都弹唱了一遍，杨玉环却意兴阑珊，只想听李白谱的新词。李隆基忙命高力士去叫李白。不料，等了好半晌后，高力士才气喘吁吁地小跑回来，说李学士喝醉了，正在曲江画舫上呼呼大睡，怎么都叫不醒。

李隆基龙颜大怒，大声呵斥道："胡闹！"

于是，李白被赐金放还，这注定是迟早要发生的事。这件事后来还被杜甫写入了《饮中八仙歌》："李白斗酒诗百篇，长安市上酒家眠。天子呼来不上船，自称臣是酒中仙"。

五

和杜甫动不动就写"却看妻子愁何在，漫卷诗书喜欲狂""老妻画纸为棋局，稚子敲针作钓钩""遥怜小儿女，未解忆长安"形成鲜明对比的是，李白虽然有过四段婚姻，但在他的笔下，没有妻子儿女，没有人间烟火，没有世俗牵绊，只有美酒、清风、明月，仅此而已……

最有代表性的，当属《月下独酌》。因为写得太好，我忍不住将全诗引用："花间一壶酒，独酌无相亲。举杯邀明月，对影成三人。月既不解饮，影徒随我身。暂伴月将影，行乐须及春。我歌月徘徊，我舞影零乱。醒时相交欢，醉后各分散。永结无情游，相期邈云汉。"

当我看到"我歌月徘徊，我舞影零乱"时，不由想象了这样一个场景：一个喝醉了酒的大汉，手执酒壶，在月下东倒西歪、跌跌撞撞。他仰天长啸也好，低头叹息也罢，陪伴他的，无非是一轮明月，一缕清风，一个孤影，唯此而已。

像李白这样的天才，注定是寂寞的。或者说，正因为他喜欢并享受寂寞的生命体验，才能成为天才！

何谓天才？就是可以不费吹灰之力，就能写出别人即使"捻断数茎须"也未必写得出的神来之笔。

《长干行》的温柔，《月下独酌》的清冷，《蜀道难》的豪迈，竟然都出自李白之手。一个人的生命厚度和宽度，竟然可以如此宽广，如此饱满，这不是天才，是什么？

纵横千年，《蜀道难》依然是诗歌中的另类。真正叛逆的人，其实是最懂规则的人。不懂规则的叛逆是胡闹，懂得规则后的叛逆才是真正的创新。

李白的创新，脱口而出，完全发自天性，天性中自有一种风流。因此，李白的诗，我们不可学，也无法学，因为这是他的生命状态，我们怎么学都学不像。他是用生命在行走，诗只是他生命的衍生品和附属品罢了。

六

李白求仙不成，炼丹不成，求侠不成，结果没有料到，却以诗成名。他名垂史册的身份是诗人。

据传，李白生命的结局是，喝了酒，微醉，去捞水中之月，结果永远沉睡于湖中，夜夜与明月相伴。

不知为何，李白的气质，让我想到了老子。史载老子乘紫气东来，骑青牛西出函谷关，留下五千余字的《道德经》，从此再也没有回头。

在老子眼里，"道可道，非常道；名可名，非常名"，一切都无法言说，也无话可说。剩下的，只是用心灵去感知，用生命去体悟，一切尽在不言中……

行文至此，我忽然发现，从开头的李健到中间的李白到文末的老子（李耳），好巧，竟然都是李家人。

如果有一天，他们三人意外相逢于另外一个时空，在一个小酒肆里默默喝酒。我想，他们三人的背影，都会散发出一种名叫"寂寞"的气质。

最后，我想用杜甫怀念李白的一句诗结尾："千秋万岁名，寂寞身后事。"虽然李白活着时，未必将杜甫当作知音，但杜甫确实是懂李白的，因为他读懂了李白的寂寞。

纵使相逢，依然陌路

一

有这样两个人，他们同一年出生，在相邻的两年先后去世；他们都喜欢写诗，在盛唐诗坛上并驾齐驱；他们曾同朝为官，一起出入朝堂；他们有很多共同的挚友，比如孟浩然、杜甫、阿倍仲麻吕……然而，翻遍《全唐诗》，却没有一首他们之间的唱和之作。查遍《旧唐书》《新唐书》《唐才子传》，也没有关于他俩交往的只言片语。

他们是王维和李白。

人和人之间，有倾盖如故，也有白首如新。而王维和李白，无疑属于后者。虽然上天让他们一次又一次相逢，但他们依然形同陌路。

不过，在多次相逢中，有一次相逢注定会让他们难忘。因为这一次，唐玄宗当面给他们出考题，他们要当着唐玄宗的面过招。

一个是"诗佛"，一个是"诗仙"，两位高手过招，不知是怎样的感觉。

二

这一年，是 742 年。

这时的王维，刚升迁为从七品上的左补阙，在门下省任职。

735 年，在中书令张九龄的推荐下，王维入朝担任右拾遗。737
年，张九龄被唐玄宗贬离长安，取而代之的李林甫一直冷眼观察王
维的表现。这些年来，王维倒也算听话，无论是被派往凉州慰问边
境将士，还是被派往桂州考核官员，他都二话不说，毫无怨言。

在长安期间，除了例行上朝，他大半时间消磨在了长安各大寺
庙，不是听道光禅师讲经，就是为朋友写《赞佛文》。无论怎么看，
都没有半点要和当权者作对的迹象。

于是，王维在监察御史、殿中侍御史等从七品下的官职上徘徊
了几年后，742 年，李林甫破天荒地将王维升任从七品上的左补阙。
左补阙隶属于门下省，属于谏官序列。

唐玄宗自从宠幸杨玉环以来，越来越无心朝政，大小事务都授
权给李林甫打理。李林甫一手遮天，愿说真话、敢说真话的耿直之
士越来越少，拍马逢迎、见风使舵的谄媚之人越来越多。王维虽然
身为谏官，但也只能充当"立仗马"，在朝中例行公事而已。

三

这时的李白，刚结束第二段婚姻，来长安寻找人生下半场的机
会。在李隆基的同胞妹妹玉真公主和太子宾客、秘书监贺知章的联
袂推荐下，他得以拜见李隆基，任翰林供奉。名为翰林供奉，实际
上相当于皇上身边的御用诗人，跟随皇上左右，为皇上写诗作文，
供皇上消遣娱乐。

说起来，李白能当上翰林供奉，一是因为玉真公主和贺知章的联袂推荐，二是因为李隆基刚好需要有个人跟随在他和杨玉环身边，为他和杨玉环的浓情蜜意唱赞歌。如果说李隆基一开始对杨玉环喜欢，是因为她的绝美姿容，那么他后来对杨玉环的宠爱和迷恋，则是因为两人高度一致的爱好。当他为翩翩起舞的杨玉环伴奏时，当杨玉环痴痴地看着他打羯鼓时，他觉得自己根本不是年过半百的老人，而是一个英姿勃发的少年郎！他爱极了杨玉环，是杨玉环让他忘记年龄，重新焕发生命的活力。

四

进入 10 月，天气渐渐转凉，李隆基照例携杨玉环及一众王公贵族到骊山华清宫度假，并要求中书省、门下省有关官员随驾。身为左补阙的王维和身为翰林供奉的李白，都在其中。

到达骊山后，李隆基和杨玉环白日行围打猎，登高望远，晚上灯火辉煌，鼓乐喧天，可谓日日笙歌，夜夜燕舞，玩得不亦乐乎。

这日，李隆基在华清宫紫泉殿书房召见随驾群臣，神采飞扬地道："众爱卿，今年大唐祥瑞纷呈，风调雨顺，国泰民安，四海升平。改元'天宝'，适逢其时，甚慰朕怀。"

话音刚落，李林甫忙俯身行礼道："陛下圣明，洪福齐天。上天赐瑞，万众钦仰。吾皇万岁万岁万万岁！"

李林甫一说完，在场群臣也忙齐声行礼道："吾皇万岁万岁万万岁！"

李隆基随意地靠在龙椅上，哈哈笑道："这里不是朝堂，众爱卿不必拘礼。"他扫视了一圈，看见李白也在场，便颇有兴致地道，"太白，你才思敏捷，文采斐然，不妨即景即事赋诗一首，以增雅兴。"

"臣遵旨。"在皇上身边当了三个月差，李白已应对自如，他拿起内侍早已准备好的狼毫笔，在益州细麻纸上几笔就写下了诗题《侍从游宿温泉宫作》。

一盏茶的工夫，李白写罢搁笔，朗声念道："羽林十二将，罗列应星文。霜仗悬秋月，霓旌卷夜云。严更千户肃，清乐九天闻。日出瞻佳气，葱葱绕圣君。"

在场众人无不点头称好，全诗富贵风流，得体得势，尤其是"霜仗悬秋月，霓旌卷夜云"，更是大气磅礴，堪称上乘佳句。

五

"李爱卿，你日夜操劳，功不可没，不妨也来一首？"李隆基明知李林甫并不长于写诗，却故意调侃他。

李林甫早就让他的写手苑咸准备了多首诗作，听皇上如此说，便挑了其中一首应景的献了上来，自然是一番歌功颂德。李隆基并不意外，点了点头，扫视群臣道："哪位爱卿为李相和诗一首？倒也是一桩佳话。"

大家深知和诗不易，尤其是和李林甫的诗，更是不易。水平太高，怕拂了李林甫的面子，惹李林甫不高兴；水平太低，怕扫了皇上的兴致，惹皇上不高兴。要不高不低，恰到好处，还真有些不好拿捏。

看大家都不敢接话，李隆基哈哈笑道："众爱卿，天下英才尽入囊中，一首和诗，还能难倒爱卿吗？"说着，他看了站在后排的王维一眼，漫不经心地道，"摩诘，如果朕记得没错，你20多年前曾为朕和过一首诗，今日和李相的诗，舍卿其谁？"

李隆基说的王维在20多年前和的那首诗，题目是《奉和圣制幸玉真公主山庄因题石壁十韵之作应制》。当时是 721 年，王维中状元不久，那是随岐王一同前往玉真公主的骊山山庄时写的。

一直以来，王维都刻意和李林甫保持距离，从未想过要为李林甫和诗。但如今皇上当众点名，他心知躲不过，忙上前一步，对着李隆基行礼道："臣遵旨。"他走到内侍准备好的书案前，工工整整写下了诗名《和仆射晋公扈从温汤》，字迹古朴浑厚，是他常用的隶书。

李林甫颇为好奇，不知王维会如何奉承他，便走到王维身后看了起来，其余人也不由得围了过来，只见王维气定神闲地写了下去："天子幸新丰，旌旗渭水东。寒山天仗外，温谷幔城中。奠玉群仙座，焚香太乙宫。出游逢牧马，罢猎见非熊。上宰无为化，明时太古同。灵芝三秀紫，陈粟万箱红。王礼尊儒教，天兵小战功。谋犹归哲匠，词赋属文宗。司谏方无阙，陈诗且未工。长吟吉甫颂，朝夕仰清风。"

虽然是和李林甫的诗，但通篇都在歌颂皇上，只在结尾处点出李林甫，不过也只是点到为止，并没有过多阿谀奉承，拿捏得很有分寸，任谁也挑不出毛病来。

听王维吟诵完毕，众人无不啧啧赞叹，李林甫也点了点头。

李隆基看了王维一眼，又看了李白一眼，意味深长地笑道："两位才俊果然不相上下，难分伯仲。"

六

现代诗人闻一多先生将李白和杜甫于 744 年夏天在洛阳的相遇比作"青天里太阳和月亮碰了头"，对李白和王维在 742 年秋天的这场相遇却不做任何评价。

其实，在大唐开元年间，若论声名之隆，王维远在李白、杜甫之上。

王维才华过人，精通诗、书、画、音乐，即使在高手如云的大唐盛世，也是可以傲视群雄的。他的诗自成一家，被宋代词人苏轼誉为"诗中有画，画中有诗"，他成为山水田园诗派的代表人物；他擅长草书和隶书，草书翩若惊鸿，宛若蛟龙，隶书古朴典雅，浑厚有力；他是南宗水墨山水画派的开创者，寄情山水，妙法自然，自称"当代谬词客，前身应画师"；他出身于音乐世家，精通音律，擅弹琵琶，凭借《郁轮袍》风靡长安城，被长安顶级音乐家李龟年引为知己。

为何闻一多盛赞李白和杜甫的相遇，却对李白和王维的相遇只字不提呢？我想，最根本的原因是李白和杜甫相遇后擦出了友情的火花，而李白和王维虽然多次相遇，却终其一生，形同陌路。

纵观李白和王维的诗，李白像一匹不受拘束的脱缰之马，只想纵横天下；王维则像一块浑然天成的山中之玉，只想隐居田园。

物以类聚，人以群分。他们注定是两个世界的人，因此，纵然相逢，也是一笑而过，相忘于江湖。

一首迟到了 40 年的诗

一

744 年夏天，李白和杜甫在洛阳相逢。此时，李白 44 岁，刚被李隆基赐金放还；杜甫 33 岁，尚未考取功名。

对于他们的这次相逢，现代诗人闻一多先生是如此盛赞的："四千年的历史里，除了孔子见老子，没有比这两人的会面，更重大，更神圣，更可纪念的。我们再逼紧我们的想象，譬如说，青天里太阳和月亮碰了头，那么，尘世上不知要焚起多少香案，不知有多少人要望天遥拜，说是皇天的祥瑞。"

相比于李白和杜甫的相逢，王维和杜甫的相逢似乎就没有那么引人瞩目了。很大一个原因是杜甫给李白写了很多诗歌，如《赠李白》《梦李白》《春日忆李白》等，据说可考证的就有 15 首，而杜甫写给王维的诗歌似乎寥寥无几。因此，后人大多以为，李白和杜甫是有深厚友谊的，而王维和杜甫之间嘛，也就那样了。

我曾经也是如此以为。但当我翻阅了《旧唐书》《新唐书》《唐才子传》等史料后，透过人物之间的蛛丝马迹，忽然发现，王维或许是看着杜甫长大的。他们之间，还有一首迟到了40年的诗……

二

王维和杜甫的相识，离不开一个人，他叫房琯，比王维年长4岁，比杜甫年长15岁。

房琯出生于697年，字次律，河南偃师人，先祖是大唐开国名相房玄龄，父亲房融曾在武周时期担任正谏大夫、同凤阁鸾台平章事。房融精通佛法，参与翻译《楞严经》。

房玄龄和杜如晦是唐太宗的左臂右膀。房玄龄善于出计谋，杜如晦善于做决断，被唐太宗赞为"笙磬同音，惟房与杜"，有"房谋杜断"之美誉。

房玄龄身为一代贤相，功高盖世，房氏宗族的福祉本该世代延绵。只可惜，房玄龄的次子房遗爱娶了唐太宗第17女高阳公主。高阳公主骄横跋扈、放荡不羁，将房家闹得鸡犬不宁不说，还被太尉长孙无忌抓住把柄，他认定房家有谋反嫌疑，最终导致房遗爱被捕杀，高阳公主被赐死，房家诸子都被发配流放的结局。

因此，到房琯这一代时，房氏宗族早已衰落。所幸房琯从小好学，生性淡泊，以家族的恩荫成为弘文馆学生。

724年，唐玄宗欲封禅泰山，房琯撰写《封禅书》进献皇帝。中书令张说非常欣赏他的才华，举荐他为秘书省校书郎，后调任冯翊县尉。

726年，房琯参加"堪任县令科"考试并顺利通过，被任命为卢氏县令。

房琯就在前往卢氏县的途中，遇到了从济州前往山西运城的王维。

三

721 年春天，王维高中状元，被授予太乐丞。当年秋天，正当他一心想要大展宏图时，却被小人陷害，贬到偏远的济州府，任司仓参军。

按唐制，地方官大多任期四年。726 年春天，四年期满后，王维主动辞去司仓参军一职，离开济州，想尝试自由自在的生活。他沿着水路，乘船至汜水岸边的广武城，下船上岸，留宿客栈。正值寒食时节，看着眼前的暮春景致，回首过去经历的种种，不由悲喜交集，写了一首《寒食汜上作》："广武城边逢暮春，汶阳归客泪沾巾。落花寂寂啼山鸟，杨柳青青渡水人。"

就在王维随意低吟《寒食汜上作》时，背后传来一个浑厚的声音："好诗！请问客官如何称呼？"

王维转过身去，只见眼前之人身材敦实，气质沉稳，忙抱拳道："在下王维，不知客官如何称呼？"

"原来你就是王参军！在下房琯，久仰王参军大名。幸会，幸会。"

房琯在长安任校书郎时，就听说过王维精通音律、诗歌、书画，是难得的奇才，心生仰慕之情。王维在济州接待唐玄宗封禅泰山时，也听说过房琯出身于名门，写得一手妙文，颇得圣心。今日两人一见，都发现对方果然人如其名，顿时一见如故。

两人在客栈畅饮闲聊，酒过三巡，越聊越投缘，便以兄弟相称。房琯问王维有何打算，王维将他辞职一事删繁就简地讲了个大概，房琯恳切地道："摩诘，卢氏县在洛阳附近，你若不弃，不妨来卢氏县衙担任幕友，帮我参详谋划，助我一臂之力。"

王维明白房琯的好意，决定先回老家侍奉母亲，再考虑日后发展，房琯表示虚位以待。两人分别时，王维写诗相赠，题为《赠房卢氏琯》："达人无不可，忘己爱苍生。岂复少十室，弦歌在两楹。浮人日已归，但坐事农耕。桑榆郁相望，邑里多鸡鸣。秋山一何净，苍翠临寒城。视事兼偃卧，对书不簪缨。萧条人吏疏，鸟雀下空庭。鄙夫心所尚，晚节异平生。将从海岳居，守静解天刑。或可累安邑，茅茨君试营。"

四

王维回到山西运城，在家侍奉母亲，陪伴弟妹，心里却一直记着房琯的盛情邀请。他知道，世间知音难觅，遇到合得来的兄长，也是一段难得的缘分。幕友和官吏不同，并非由朝廷任命，只需为县令出谋划策，参谋顾问，比官吏更为自由洒脱。将来若是房琯离开卢氏县了，他也可以离开。

于是，王维便给房琯修书一封，表达了愿意到他手下担任幕友的想法。没几天，房琯的回信便到了，说早已派人为他收拾了一处清净雅致的宅子，盼望他早日前往。

726年深秋，王维抵达卢氏县城。房琯为王维准备的宅子，位于卢氏县城东边的淇上，桑榆遍地，鸟语花香，让人见之忘俗，心旷神怡。庭中有两棵一抱多粗的大树，树旁有一口古井，井水甘甜，清澈照人。

王维心生欢喜，想来那个让武陵人念念不忘的桃花源，也不过如此吧。他安心住了下来，开始了他的淇上岁月。有诗《淇上田园即事》为证："屏居淇水上，东野旷无山。日隐桑柘外，河明闾井间。牧童望村去，猎犬随人还。静者亦何事，荆扉乘昼关。"

五

727年春天，在桃花源般的卢氏县，王维和杜甫相遇了。这一年，王维27岁，杜甫16岁。

一过3月，淇上长堤上的垂柳便吐出一粒粒嫩芽，不出几日，堤上便绿叶成荫。王维在房前屋后栽种的桃花，被和煦的春风拂过，渐次盛开，如霞绽放。

这日，一个面容清瘦、身材修长的少年跟随父亲来到了卢氏县。这个少年就是杜甫。

说到杜甫，不能不提他的祖父杜审言。对于初唐学诗之人，只要提到杜审言，必定无人不知，无人不晓。

杜审言出生于645年，字必简，唐高宗咸亨年间进士，官至修文馆直学士，与崔融、李峤、苏味道并称为"文章四友"，是初唐赫赫有名的格律诗大家。

杜闲是杜审言的幼子，682年出生于河南巩县（今河南巩义）。710年，杜闲娶清河崔氏。712年，有了长子杜甫。717年，杜闲调任河南郾城县尉，举家迁往郾城。723年，崔氏早逝，杜闲娶继室卢氏。杜闲和房琯相熟多年。得知房琯请王维来卢氏县担任幕僚，早就听说王维大名的杜闲父子便从郾城匆匆赶来相会。

房琯明白杜闲的来意后，忙派人去请王维。王维一走进房琯府上，房琯就朗声笑道："摩诘，这是河南郾城县尉杜少府，今日他携长子杜甫光临卢氏县，不为别的，正是为你而来！"

王维当然也听说过杜闲，忙向杜闲行礼道："晚生见过杜少府。晚生年少学诗时，以令尊大人的格律诗为范本，对令尊大人仰慕不已。可惜无缘当面讨教，深以为憾。今日有缘得遇杜少府，乃晚生之幸。"

"王参军客气了。家父仙逝已近20年，他若在天有灵，知道还能被世人记得，当足以慰怀。"杜闲也拱手还了一礼，含笑说道，"家父喜写律诗，受家父影响，犬子倒也有些上心，7岁上下开始学诗作文。只可惜杜某于诗赋上却是平平，无力加以指点。听次律说起王参军寓居卢氏县，杜某便冒昧带犬子前来拜访。"说着，指着身边一个清瘦的少年道，"这便是犬子杜甫，字子美，虚度光阴16载。"

杜闲的话音刚落，杜甫便上前一步，向王维行了一礼，双手抱拳道："晚生杜甫，见过前辈。前辈的诗作，晚生很喜欢，《九月九日忆山东兄弟》《相思》《鸟鸣涧》等几首，意境高远，让人吟之忘俗，还请前辈不吝赐教，多加指点。"

杜甫落落大方、侃侃而谈，言辞之间透着几分同龄人少见的成熟。王维请杜甫落座，自己也撩起袍角坐了下来："子美过誉了。王某学诗时，虽无缘得到你祖父的指点，却从你祖父的诗作中受益匪浅。这样论起来，咱们原是同辈，今后称我一声兄长便是。'前辈'二字，不可再提。"杜闲笑着点头，杜甫忙抱拳答应。

六

四人随意闲聊诗作，王维问杜甫近来可有新作，杜甫起身吟了一首《画鹰》："素练风霜起，苍鹰画作殊。㧐身思狡兔，侧目似愁胡。绦镟光堪摘，轩楹势可呼。何当击凡鸟，毛血洒平芜。"

王维凝神细听，点头赞道："果然是家学渊源，子美的格律诗已得祖父真传，尤其最后一句，乃全诗点睛之笔，一言既出，全诗便活了。"

"摩诘说得是。子美在诗中问何时能让这样卓然不凡的苍鹰展翅搏击，将那些凡庸之鸟的毛血洒落在荒原，可见其胸怀抱负！"房琯也拍手叫好。

"次律，摩诘，你们莫把他抬高了，偶有佳作，不值什么。"杜甫是家中长子，杜闲对他寄予厚望，即便心中欢喜，嘴上却不肯流露一分。

"子美，你平日写诗，除了写景状物，是否还写人写事？可有印象深刻之人，或是记忆犹新之事？"

"印象深刻之人？记忆犹新之事？"杜甫低头想了想，点头笑道，"有！717 年，我跟随父亲来到郾城。不久，父亲带我上街，我看到一位红衣女子在街头表演剑器舞和浑脱舞，舞技精湛，剑术高超，让人叹为观止。这位红衣女子名叫公孙大娘，如今虽然 10 年过去了，但她的一招一式，我记忆犹新，若在眼前！"

"妙！你若能将公孙大娘舞剑的场景细细描述，便是一首不可多得的好诗！"王维点头笑道。

七

此时此刻，王维和杜甫无论如何都不会料到，当杜甫写下《观公孙大娘弟子舞剑器行·并序》时，已是整整 40 年之后。

那是 767 年，经历了让天下无数百姓家破人亡、妻离子散的"安史之乱"后，杜甫离开成都，辗转来到夔州（今重庆奉节）。

767 年 10 月 19 日，在夔州别驾元持的家中，杜甫意外看到公孙大娘的弟子李十二娘舞剑器。此时，距离杜甫在郾城观看公孙大娘舞剑，已过去了整整 50 年。当年那个乳臭未干的 6 岁男孩，如今已是历尽沧桑的迟暮老人！刹那间，那远去的开元盛世，那一生的坎坷不平，一股脑儿涌上心头，杜甫心里五味杂陈，任凭两行浑浊的热泪悄然滑落……

这晚，杜甫回到简陋的家中，铺纸研墨，奋笔疾书，写下了《观公孙大娘弟子舞剑器行·并序》："昔有佳人公孙氏，一舞剑器动四方。观者如山色沮丧，天地为之久低昂。㸌如羿射九日落，矫如群帝骖龙翔。来如雷霆收震怒，罢如江海凝清光。绛唇珠袖两寂寞，晚有弟子传芬芳。临颍美人在白帝，妙舞此曲神扬扬。与余问答既有以，感时抚事增惋伤。先帝侍女八千人，公孙剑器初第一。五十年间似反掌，风尘澒动昏王室。梨园弟子散如烟，女乐余姿映寒日。金粟堆前木已拱，瞿唐石城草萧瑟。玳筵急管曲复终，乐极哀来月东出。老夫不知其所往，足茧荒山转愁疾。"

公孙大娘舞剑器时那种惊天地、泣鬼神的场面，已经一去不复返了。与之一起一去不复返的，还有那个繁华的大唐盛世以及那些在盛世中一起笑过哭过的人。比如鼓励他将观看公孙大娘舞剑之事写成一首诗的兄长——王维！

这一年，王维已经离开人世6年了。

杜甫捧起诗稿，踱到窗前，遥望蓝田辋川的方向，在心里默默哀叹：摩诘兄，对不起，这首诗，我迟写了40年！

胸怀天下的岳阳楼

一

"洞庭天下水，岳阳天下楼。"岳阳楼和黄鹤楼、滕王阁并称"江南三大名楼"，其中，岳阳楼被誉为"天下第一楼"。何为天下？华东师范大学历史系教授许纪霖先生说："在中国文化当中，天下具有双重内涵，既指理想的伦理秩序，又指对以中原为中心的世界空间的想象。"

岳阳楼位于湖南省岳阳市，地处岳阳古城西门城墙之上，下瞰洞庭，前望君山，始建于东汉建安二十年（公元 215 年），历代屡加重修。北宋庆历五年（公元 1045 年），岳州知州滕宗谅重修岳阳楼。

1046 年 10 月 17 日，滕宗谅请好友范仲淹为岳阳楼写文纪念。范仲淹一出手，便成了千古名篇《岳阳楼记》。

当岳阳楼遇到"先天下之忧而忧，后天下之乐而乐"的范仲淹，它和他都担得起"天下"二字。

二

早在滕宗谅重修岳阳楼、范仲淹题写《岳阳楼记》之前，就有很多文人墨客慕名前来洞庭湖，登临岳阳楼，写下了很多佳作。

730年春天，正值"开元盛世"。湖北襄阳人孟浩然屡试不第，在好友王维的建议下，他向当时担任秘书少监、集贤院学士副知院事的张九龄写诗自荐。

这首自荐诗的题目是《临洞庭湖赠张丞相》，诗中描绘的就是洞庭湖和岳阳城的景象："八月湖水平，涵虚混太清。气蒸云梦泽，波撼岳阳城。欲济无舟楫，端居耻圣明。坐观垂钓者，徒有羡鱼情。"其中，"气蒸云梦泽，波撼岳阳城"气势磅礴，深得张九龄赏识。后来，张九龄到荆州担任长史时，请孟浩然到荆州府担任幕僚。

759年秋天，"安史之乱"已经爆发，大唐由盛转衰。

刑部侍郎李晔被贬官岭南，行经岳阳时，刚好与李白、贾至相遇，三人相约同游洞庭湖。李白触景生情，一口气写下五首七绝。其中第二首这样写道："南湖秋水夜无烟，耐可乘流直上天。且就洞庭赊月色，将船买酒白云边。"此时，天下大乱，民不聊生，但面对洞庭湖的浩瀚风光，李白似乎暂时忘了自己在"安史之乱"中遭遇的磨难，依然满怀豪情壮志地要"赊月买酒"。

无论是生逢盛世的孟浩然，还是颠沛流离的李白，无论他们的个人际遇如何，当他们置身于洞庭湖畔、岳阳楼上时，就不再执着于个人的得失悲喜，而是放眼寰宇、洒脱不羁。

768年冬天，57岁的杜甫年老体衰，凄苦不堪，从夔州沿江而下，来到岳阳，登上神往已久的岳阳楼。面对烟波浩渺、壮阔无垠的洞庭湖，杜甫想到了人生的飘泊不定、天下的多灾多难，家国之悲一起涌上心头，他不由得怀着苍凉的心情写下了《登岳阳楼》："昔闻洞庭水，今上岳阳楼。吴楚东南坼，乾坤日夜浮。亲朋无一字，老病有孤舟。戎马关山北，凭轩涕泗流。"

虽然孤苦窘迫，"亲朋无一字，老病有孤舟"，但杜甫心底依然记挂着乾坤和黎民，依然有"戎马关山北"的憧憬和豪情。

次年春暖花开时，杜甫决定南行投靠亲友。临行前，再登岳阳楼，写下《陪裴使君登岳阳楼》："湖阔兼云雾，楼孤属晚晴。礼加徐孺子，诗接谢宣城。雪岸丛梅发，春泥百草生。敢违渔父问，从此更南征。"

在风烛残年，洞庭湖和岳阳楼给了杜甫温暖的慰藉。在这乱世之中，似乎一切都抓不住，一切都没有定数。但无论世事如何变迁，洞庭湖依然浩瀚，岳阳楼依然挺拔。杜甫定了定神，这就够了。

不得不说，这是洞庭湖和岳阳楼带给他的力量！

三

从杜甫离开岳阳楼到范仲淹写《岳阳楼记》，又过去了 277 年。

范仲淹出生于 989 年 10 月 1 日，祖籍邠州，是难得的文武双全之才。他两岁那年，父亲范墉去世，母亲谢氏带着他改嫁山东淄州人朱文翰。很长一段时间内，他并不知道自己的身世，他的名字一直叫朱说。

1015 年，27 岁的范仲淹凭借多年苦读，高中进士，任广德军司理参军。

1026 年，母亲谢氏病故，他回老家守孝。应天府知州晏殊（出

生于 991 年，比范仲淹小两岁）听说范仲淹人品正、学问好，就邀
请他到府学任职，执掌应天书院教席。范仲淹欣然上任。他主持教
务期间，勤勉督学，严以律己，每当谈论天下大事，他慷慨陈词，
书院学风为之焕然一新，四方求学之士纷至沓来。范仲淹声誉日隆。

1028 年，范仲淹向朝廷上疏万言的《上执政书》，奏请改革吏治，
裁汰冗员，安抚将帅。这时，晏殊已在枢府任职，向宋仁宗大力推
荐范仲淹。

这年 12 月，宋仁宗召范仲淹入京，任为秘阁校理，负责皇家
图书典籍的校勘和整理。

四

范仲淹为人出了名地耿直，有一事为证。

1029 年，宋仁宗 19 岁，章献太后依然主持朝政。冬至，宋仁
宗准备率领百官在会庆殿为太后祝寿。范仲淹认为这一做法混淆了
家礼与国礼，就上疏仁宗说："皇帝有事奉亲长之道，但没有为臣
之礼；如果要尽孝心，于内宫行家人礼仪即可，若与百官朝拜太后，
有损皇上威严。"

上疏奏报内廷后，如石沉大海，杳无音信。范仲淹又上书太后，
请求还政仁宗。奏书入宫，再次石沉大海。

晏殊得知范仲淹上疏，大惊失色，批评他过于轻率，这样不仅
有碍自己的仕途，还会连累举荐之人。

范仲淹据理力争，给晏殊写了一封长信——《上资政晏侍郎书》，
详述自己这一做法的缘由，申明自己的立场：侍奉皇上当危言危行，
绝不逊言逊行、阿谀奉承，有益于朝廷社稷之事，必定秉公直言，
虽有杀身之祸，也在所不惜。

虽然在庞大的官僚体系中，他只是一个小小的官员，但他始终不忘以天下为己任。他时时刻刻想着如何让国家强盛起来，针砭时弊，仗义执言，但迎接他的是一次又一次贬黜。

范仲淹多次因谏被贬，比他小13岁的好友梅尧臣写了一篇《灵乌赋》，劝他少说话，少管闲事，自己逍遥就行。范仲淹看了《灵乌赋》后，摇了摇头，坦言"宁鸣而死，不默而生"。对于因谏被贬，他似乎从不怯懦，亦不后悔。

五

良药苦口利于病，忠言逆耳利于行。范仲淹的一次次劝谏，虽然宋仁宗听了刺耳，但当他下定决心改革时，想到的第一个人就是范仲淹。

庆历三年（1043年），宋仁宗决心改革，第一个人事任命，就是把范仲淹调回中央，任枢密副使，后拜参知政事，发起"庆历新政"，推行改革。

此时，范仲淹的周围聚拢了一批能人，如韩琦、富弼、欧阳修等，史称"同官尽才俊"。范仲淹抓住机遇，雷厉风行，提出了十项改革举措。首当其冲的，就是澄清吏治，惩治贪污腐败、尸位素餐的官员。

然而，由于阻力太大，"庆历新政"历时仅一年，就以范仲淹等改革者被逐出京城而宣告夭折。

一代改革者的理想，自此失落。

六

范仲淹自请出京，历知邠州、邓州、杭州、青州。范仲淹并未埋怨消沉，也未消极怠政。他治理下的地方，百姓安居乐业，有口皆碑。

1046 年秋天，范仲淹在邓州收到了好友滕宗谅寄来的一幅画，名为《洞庭晚秋图》。画中的洞庭湖，烟波浩渺；远处的堤岸边，芳草遍地，矗立着一座写有"岳阳楼"三个字的高楼。

原来这是滕宗谅被贬谪岳州后重修的岳阳楼，他想让范仲淹为岳阳楼写一篇美文，好好宣传一下岳阳楼，让更多文人墨客来登临此楼。

滕宗谅是范仲淹几十年的好友，他们一起参与"庆历新政"改革，算得上生死之交。对于滕宗谅的要求，范仲淹当然义不容辞。

他铺开宣纸，拿起毛笔，饱蘸墨汁，正准备一挥而就的时候，突然想到：两年前，我们因改革失败而被贬到全国各地，为什么不借着这次机会，向天下发出我们的心声？于是，范仲淹一改以往写景状物的套路，将重心放在了表达政治理想上。

在写完岳阳楼和洞庭湖的美景后，他笔锋一转，仿佛利剑出鞘般，一气呵成道："予尝求古仁人之心，或异二者之为。何哉？不以物喜，不以己悲，居庙堂之高则忧其民，处江湖之远则忧其君。是进亦忧，退亦忧。然则何时而乐耶？其必曰'先天下之忧而忧，后天下之乐而乐'乎！"

在后人对范仲淹的评价中，金末元初一代文宗元好问的评价最为精妙。他这样评价范仲淹："在布衣为名士，在州县为能吏，在边境为名将，在朝廷则又孔子所谓大臣者，求之千百年间，盖不一二见。"

无论什么身份、职位，范仲淹都能用心去做，力求完美。

七

1052年，范仲淹改任颍州知州。当时，他已重病在身，上任途中，不幸病逝，享年64岁，谥号"文正"，世称范文正公。

他生前一定不会料到，他随手为好友滕宗谅写的《岳阳楼记》，竟会在他身后流传千年。如今，岳阳楼已经不只是一座矗立在洞庭湖畔的高楼，而是一块屹立在天下士人心中的丰碑！

"洞庭天下水，岳阳天下楼。"那个秋天的傍晚，当我登上岳阳楼时，夕阳的最后一缕残红已经隐没于水天交接处，从远处隐隐传来洞庭湖并不汹涌的潮汐声，不疾不徐，仿佛透着某种隐忍的力量。

范仲淹那句掷地有声的告白，穿越千年，依然久久回荡在岳阳楼上空——先天下之忧而忧，后天下之乐而乐！

李白为何在此搁笔？

一

让一座楼成为千古名楼的，从来不是建筑本身，而是那些和楼有关的人和事。

被誉为"江南三大名楼"之一、始建于三国时期的黄鹤楼，就是这样一座有故事的楼。

它最有意思的故事，是"诗仙"李白曾在此搁笔。搁笔的原因，是另一个唐代诗人——崔颢。

二

李白出生于公元701年，崔颢出生于公元704年，两人相差3岁。前半生，两人在各自的人生路上兜兜转转，似乎没有什么交集。直到公元753年，才相遇相知在江夏（今湖北武汉）牛渚矶。这一年，李白52岁，崔颢49岁，都已到"知天命之年"。他们的友谊，是真正的"相见恨晚"。

此时的崔颢，心情是郁闷的。崔颢秉性耿直，才华出众。公元

723 年，年仅 19 岁的他，中了进士。但他此后的职场生涯却并不顺心，宦海浮沉，终不得志。40 多岁时，他担任范阳节度军幕一职。时任平卢节度使的安禄山忽然把他调到长安，他隐隐感到不妙。

他骑马赶路，到达潼关时，恰逢雨过天晴。于是，他登上城楼，远眺黄河，写下了《题潼关楼》。"风烟万里愁"，隐隐透露出他的忧心忡忡。

到长安后，他一再受到宰相李林甫的排挤，仅当了管理辇舆马牛的六品官。

三

公元 753 年，一次奉命出京南行，在江夏牛渚矶，他遇到了李白。

都道文人相轻，其实也不尽然。李白和崔颢，或许早已久仰彼此其名，这次相遇，他们一见如故，结为知己。

这年秋天，崔颢登临黄鹤楼，面对奔流不息的长江水，写下了脍炙人口的七言律诗《黄鹤楼》："昔人已乘黄鹤去，此地空余黄鹤楼。黄鹤一去不复返，白云千载空悠悠。晴川历历汉阳树，芳草萋萋鹦鹉洲。日暮乡关何处是，烟波江上使人愁。"

这首《黄鹤楼》，让黄鹤楼声名远扬，成为千古名楼。

第二年春天，崔颢告别李白，离开江夏，回到长安，不久后病逝。

四

崔颢病逝一年后，即公元 755 年 12 月，"安史之乱"爆发。李白携妻逃难。

公元 758 年，因为政治上的原因，李白获罪，被流放夜郎（今属贵州）。春末夏初时节，他路过了江夏。

故地重游，特别是重游黄鹤楼时，李白感慨万千，因为这里有他的太多回忆。28 年前，即公元 730 年，李白曾在黄鹤楼送别年长他 12 岁的孟浩然，写下了他颇为得意的《黄鹤楼送孟浩然之广陵》："故人西辞黄鹤楼，烟花三月下扬州。孤帆远影碧空尽，唯见长江天际流。"

如今，黄鹤楼依旧，长江依旧，青山依旧，夕阳依旧，但比自己年长的孟浩然和比自己年轻的崔颢，都已驾鹤先去，天人永隔。聊以慰藉的，只有崔颢题写的《黄鹤楼》。李白在心中默默吟咏，感叹"眼前有景道不得，崔颢题诗在上头"。

五

李白一生恃才傲物，在那个盛产诗人的盛唐时代，堪称诗人中的诗人。他很少如此赞美其他诗人的作品，但唯独对崔颢这首《黄鹤楼》，他发自内心喜欢，甚至愿意破例搁笔，不在此处题诗。于是，后人在黄鹤楼东侧修建了一个亭子，取名为"李白搁笔亭"。

我想，让李白搁笔的，不仅是崔颢出众的才情，更是两人的情深义重。

那一瞬间，李白或许想起了许多往事，既然一言难尽，那就不如不说。或者，在其他地方题诗表达思念，比如鹦鹉洲。因为崔颢曾去过鹦鹉洲，李白就追随他的足迹，也去了鹦鹉洲。

在七言律诗《鹦鹉洲》中，他怅然若失："烟开兰叶香风暖，岸夹桃花锦浪生。迁客此时徒极目，长洲孤月向谁明？"

六

在李白一生的创作中，七言律诗并非他所长。在他为数不多的七言律诗中，《登金陵凤凰台》当属巅峰之作。据说，这首诗是他模仿崔颢的《黄鹤楼》体写成的。

公元 759 年，因关中遭遇大旱，朝廷宣布大赦。被流放的李白，终于重获自由。他顺着长江疾驶而下，来到了金陵（今江苏南京）。

在凤凰山游玩时，他发思古之幽情，写下了《登金陵凤凰台》："凤凰台上凤凰游，凤去台空江自流。吴宫花草埋幽径，晋代衣冠成古丘。三山半落青天外，二水中分白鹭洲。总为浮云能蔽日，长安不见使人愁。"

这时，距离崔颢写《黄鹤楼》，已有六年。

七

李白用六年时间，终于写出了可以和崔颢的《黄鹤楼》遥相呼应的《登金陵凤凰台》。或许，这是他俩之间的一个约定。

六年前，崔颢说："昔人已乘黄鹤去，此地空余黄鹤楼。"

六年后，李白说："凤凰台上凤凰游，凤去台空江自流。"

这是两位才子的隔空对话，心照不宣，惺惺相惜，被后人誉为"登临怀古的双璧"。

300 多年后，宋代才子苏轼被贬到黄州（今湖北黄冈）时，对他们的对话做了一个恰到好处的注解——"人生如梦，一樽还酹江月"。这个月亮，倒映在赤壁旁的江水里，也倒映在黄鹤楼旁的江水里，正可谓"不知江月待何人，但见长江送流水"。

登上人生的"鹳雀楼"

一

如果做一个小调查：你心目中最经典的五言绝句是哪一首？每个人心中都有一个答案。

可以是李白的《静夜思》："床前明月光，疑是地上霜。举头望明月，低头思故乡。"

可以是孟浩然的《春晓》："春眠不觉晓，处处闻啼鸟。夜来风雨声，花落知多少。"

可以是骆宾王的《咏鹅》："鹅鹅鹅，曲项向天歌。白毛浮绿水，红掌拨清波。"

可以是李绅的《锄禾》："锄禾日当午，汗滴禾下土。谁知盘中餐，粒粒皆辛苦。"

可以是王维的《鸟鸣涧》："人闲桂花落，夜静春山空。月出惊山鸟，时鸣春涧中。"

可以是白居易的《草》："离离原上草，一岁一枯荣。野火烧不尽，春风吹又生。"

可以是柳宗元的《江雪》："千山鸟飞绝，万径人踪灭。孤舟
蓑笠翁，独钓寒江雪。"

……

忽然发现，这些五言绝句已经不再只是诗歌，而是深深融入我
们的血液、我们的灵魂，成为我们每个中国人的文化基因。

每一首，都是经典。每一首，都有诗人的生命体验。

二

我心目中最经典的五言绝句，是唐代诗人王之涣的《登鹳雀楼》
"白日依山尽，黄河入海流。欲穷千里目，更上一层楼。"王之涣
用这 20 个字写尽了山河壮阔，写尽了胸中丘壑，可谓"缩万里于
咫尺，使咫尺有万里"。

黄鹤楼因唐代诗人崔颢的"昔人已乘黄鹤去，此地空余黄鹤楼"
和李白的"故人西辞黄鹤楼，烟花三月下扬州"而名垂千古，鹳雀
楼也因王之涣的"欲穷千里目，更上一层楼"而名扬世界。

三

鹳雀楼始建于北周时期，位于山西省永济市蒲州古城，靠近黄
河，因时有鹳雀栖息其上而得名。鹳雀楼楼体壮观，结构奇巧，加
之周围风景秀丽，唐宋年间，文人墨客纷纷前来登楼赏景，留下了
许多诗篇。

如唐代诗人马戴的《鹳雀楼晴望》："尧女楼西望，人怀太古
时。海波通禹凿，山木闭虞祠。"

唐代诗人耿湋的《登鹳雀楼》："久客心常醉，高楼日渐低。

黄河经海内，华岳镇关西。"

唐代诗人畅当的《登鹳雀楼》："迥临飞鸟上，高出世尘间。天势围平野，河流入断山。"

然而，经过岁月的洗礼，唯独王之涣的《登鹳雀楼》成为不朽名篇，被誉为唐代五言诗的压卷之作。

四

王之涣出生于688年，祖籍晋阳（今山西太原），祖上做官时移居绛州（今山西新绛），兄弟四人，他排行第四，备受家人疼爱。

他出生在令人羡慕的"五姓七家"之一——太原王氏。门阀士族起源于两汉，发展于魏晋，鼎盛于南北朝时期。隋末唐初的贵族圈中，最有名的"五姓七家"是太原王氏、荥阳郑氏、范阳卢氏、赵郡李氏、陇西李氏、清河崔氏、博陵崔氏。

王之涣的五世祖王隆之是后魏时期的绛州刺史，曾祖王信在隋朝时曾担任著作郎，入唐后担任安邑县令。

王之涣自幼聪颖好学，少年时豪侠义气，放荡不羁，常击剑悲歌，从五陵年少游，不到20岁便能精研文章，不到壮年便已穷经典之奥，史书形容他"慷慨有大略，倜傥有异才"。

716年，28岁的王之涣以门荫入仕，担任冀州衡水（今河北衡水）的主簿。他虽然在衡水为官，却喜欢自由自在、无拘无束的生活，一直不曾娶妻。

722年，衡水县令李涤之的三女儿年满16岁，李涤之欣赏王之涣的才气纵横和潇洒不羁，决定将女儿嫁他为妻。此时，王之涣已经34岁，曾经不安分的心也渐渐安定了，且早就听说李县令之女知书达理、秀外慧中，便欣然娶李氏为妻。二人喜结连理，相敬如宾。

本以为生活就是这般岁月静好了，不料，726 年，王之涣遭人诬陷诽谤，一怒之下，辞去官职，带着李氏和孩子返回绛州老家。

从冀州回绛州的路上，王之涣和家人路过蒲州。听说黄河岸边有一座鹳雀楼，王之涣慕名登临。

这一登临，便让王之涣为盛唐诗歌添上了璀璨的一笔，光芒万丈，直至今天。

五

王之涣双手负在身后，一步一步，从容不迫地登上鹳雀楼。

当他走出鹳雀楼时，他被眼前的景象深深震撼了！此时，日落西山，夕阳的余晖染红了天际。黄河之水，奔腾而来，浩荡而去，似乎要流向天的尽头……他心中一凛，忽然如有神助般，随口吟出了："白日依山尽，黄河入海流。欲穷千里目，更上一层楼。"

这 20 个字之洗练，之壮阔，之雄视千古，仿佛不是出自凡人之手，而是出自神灵，出自天意！是神灵借助王之涣之口，告诉了世人，留给了后代。这是大唐诗歌里的最强音，是盛唐气象的完美诠释，更是王之涣在即将步入不惑之年时的感悟。

人的一生，不就像是在登楼吗？每登高一层，所看到的风景都会不同。站得越高，看得越远，心胸就越广，人生格局自然也就随之打开。

在千年后的今天，我们要感谢王之涣在 726 年的那次辞官，感谢他在返乡途中的那次登临，感谢他告诉了我们一个朴素的人生道理——无论遭遇怎样的困境，与其在原地烦恼哭泣，不如迈开脚步，继续往上攀登，正所谓"欲穷千里目，更上一层楼"。

有一种爱，叫《长恨歌》

一

对李隆基和杨玉环的爱情，最早的记忆来 1993 年央视播出的电视连续剧《唐明皇》。那一年，我 13 岁。剧中，28 岁的林芳兵饰演的杨玉环，珠圆玉润，芙蓉如面，确实"回眸一笑百媚生，六宫粉黛无颜色"。

对彼时 36 岁的刘威饰演的李隆基，我唯一的印象是感觉有点老，和貌美如花的杨贵妃在一起，有点不协调。

二

对他们的爱情有了更多了解的时候，是 1996 年初中毕业的那个暑假。

一个酷热难耐的午后，我待在家里，闲来无事，翻开《唐诗三百首》，读了白居易的《长恨歌》，全诗 120 句，840 字。

无论世人对李隆基和杨玉环的爱情有多么纷繁的评价，在白居易笔下，他们都和世人一样，渴望朝朝暮暮，渴望白头偕老。不过，李隆基的帝王身份，终究让他们的爱成了一曲百转千回的挽歌。

当杨玉环"宛转蛾眉马前死"时，不知李隆基是否在内心哀叹：愿生生世世，不再生于帝王家。

三

总觉得李隆基的爱情来得太晚。

李隆基得到了天下。可是，在他内心深处，似乎一直有种不甘。

他仪表堂堂、才华横溢、通晓音律、擅长书法，这样一个多才多艺之人，却一直没有遇到一个知他懂他的琴瑟共鸣之人。

比李隆基晚出生 87 年的白居易，似乎读懂了他的这份不甘。他在《长恨歌》的开篇写道："汉皇重色思倾国，御宇多年求不得。"白居易明白，巅峰之地只有一点点，容不得许多人站。因此，站在巅峰的那个人，注定是孤独的。

贵为天子的李隆基，虽然得到了天下，却未必能得到另一个人的真心和真情。这或许是李隆基功成名就后的另一种遗憾。

四

这一切，在李隆基 55 岁那年发生了改变。

公元 735 年，李隆基最宠爱的儿子——15 岁的寿王李瑁，娶了 16 岁的杨玉环，杨玉环被册封为寿王妃。婚后，夫妻恩爱甜蜜。

不过，此时的李隆基并没有留意杨玉环，因为此时他身边还有武惠妃。

他们的相遇，在时隔五年之后——740 年秋天。此时，武惠妃去世已有三年，高力士看懂了李隆基的孤独寂寥，向他推荐了能歌善舞的杨玉环。

或许，人和人之间确是存在眼缘一说的。在别人眼里，杨玉环或许只是很美，但在李隆基眼里，她的美有着一种令人无法抗拒的致命的吸引力。那一瞬间，李隆基忽然有了一种从未有过的别样的感觉。

是似曾相识？抑或久别重逢？这世间，竟然还有这样天姿国色的女子？更让他着迷的是，不仅天姿国色，还如此通晓音律、能歌善舞。这不正是上天赐予他的最好礼物吗？一生阅人无数的他，忽然觉得自己已经无法理性思考了。

这一年，李隆基55岁，杨玉环21岁，李隆基比杨玉环足足大了34岁。在古代，34岁的差距，足以让他当她的祖父。

钱钟书在《围城》中说，老年人一旦恋爱，就像老房子着了火，无法遏制，不可救药。爱上了杨玉环的李隆基，突然感觉过去的54年从未为自己好好活过。人生苦短，去日无多，他不想再为天下而活，他要为自己好好活一次。于是，他抛开年龄、伦理、辈分等问题，以为窦太后祈福的名义，下诏令杨玉环出家为女道士，道号"太真"。

五年后，745年，李隆基将韦昭训将军的女儿嫁给寿王李瑁，安抚好李瑁受伤的心，然后下诏令杨玉环还俗，将其接入宫中，正式册封她为贵妃。

李隆基自724年废掉王皇后就再未立后，因此，杨玉环相当于皇后。

五

李隆基和杨玉环朝夕相处了16年，这是李隆基一生中"最美的时光"。

在杨玉环面前，李隆基不再是大唐的皇帝，而只是一个有血有肉、有笑有泪的多情才子。他们的爱情，不是一个皇帝对一个妃子的玩弄和宠幸，而是两个志趣相投之人的卿卿我我、惺惺相惜。据说，杨玉环生气时，还会赌气回娘家。这样平等的爱，不正是李隆基一生渴望的真爱吗？

他俩有太多共同的爱好。李隆基通晓音律，杨玉环能歌善舞。在古代帝王中，李隆基的音乐造诣首屈一指，被后人尊称为梨园祖师爷。

相传，他曾在梦中听到天上有仙乐奏曲，看到身穿霓裳羽衣的仙子翩翩起舞。醒来后，他冥思苦想，非常渴望把梦中的乐曲记录下来，就连上朝的时候，怀里都揣着一支玉笛，一边听大臣读奏本，一边偷偷按玉笛寻找曲调，可是一直无法谱全这首曲子。直到有一天，雨过天晴，他眺望远山，看到山峦起伏，云烟缭绕，刹那间，梦中的仙乐全都想起来了。他激动万分，大笔一挥，一口气写下了《霓裳羽衣曲》。

当"舞神"杨玉环轻舒水袖、依韵而舞时，在一旁为其伴奏的，正是李隆基。

此情此景，让我想起了窦唯和王菲。

1996 年 7 月，王菲嫁给窦唯。1997 年 1 月，王菲在北京协和医院生下女儿。1998 年，两人一起开巡回演唱会。王菲演唱窦唯为其量身定制的《末日》，窦唯则在背后为她打鼓伴奏。那一幕，让无数粉丝激动不已。虽然他们 1999 年正式离婚，从此各奔东西，再无交集。但他们曾经"琴瑟和鸣"的日子，一直定格在喜欢他们的歌迷心中。

六

和杨玉环在一起时，李隆基或许忘了自己是一个帝王。或许，他多么希望自己不是一个执掌天下的帝王。但事实是，他就是帝王，就是一个掌握着天下命脉的帝王。

身为帝王，他的幸运是可以坐拥天下，他的不幸是他一不小心就会失去天下。

"渔阳鼙鼓动地来，惊破霓裳羽衣曲。"755年十一月初九，"安史之乱"爆发，李隆基带着杨玉环逃往蜀中。途经马嵬坡时，"六军不发无奈何"，在全军将士们的逼迫下，即使是贵为天子的李隆基，也是"君王掩面救不得"。

在亡国之恨面前，即使再多委屈，再多无奈，又能如何？杨玉环注定成为世人眼中的"红颜祸水"。一旦背负上这个罪名，除了自缢，杨玉环已别无选择，李隆基也别无选择。

杨玉环香消玉殒，李隆基痛心疾首。从此，他孤零零地活在这个没有杨玉环的世界上。

"春寒赐浴华清池，温泉水滑洗凝脂"的日子一去不复返，往后余生是"迟迟钟鼓初长夜，耿耿星河欲曙天"，是"鸳鸯瓦冷霜华重，翡翠衾寒谁与共"，更是"天长地久有时尽，此恨绵绵无绝期"。

七

读了很多遍《长恨歌》，曾经一直不明白，为何白居易要用全诗一半的篇幅来描写杨玉环死后李隆基对她刻骨铭心的思念，如今有点明白了。或许，人总是这样，拥有时未必会懂得珍惜，有朝一日彻底失去，再也找不回来时，才会痛彻心扉，痛定思痛。无论帝王，还是凡人，莫不如此。

因此，当白居易在《长恨歌》结尾写下"在天愿作比翼鸟，在地愿为连理枝。天长地久有时尽，此恨绵绵无绝期"时，李隆基的心情，是否就像辛晓琪唱的，是多么痛的领悟！

只是这个领悟来得太迟了。此恨注定绵绵，没有尽头，千年之后，成为另一种永恒。

《长干行》：一首照见千年的情诗

一

有一首诗，年少时就放在心里。从此，再也没有忘记。

有一首诗，琼瑶用来写成小说《追寻》，后来还拍成了一度"爆火"的电视连续剧《婉君》。

这首诗，就是1300多年前唐朝"诗仙"李白写的《长干行》。

二

很难想象，一生高歌"五花马，千金裘，呼儿将出换美酒，与尔同销万古愁"的李白，竟能以"妾"自称，写下如此缠绵悱恻、柔肠百结的《长干行》。

就像比他晚出生1014年的曹雪芹，能将自己分裂成《红楼梦》中的几百个人物，既能写出黛玉的"孤高傲世偕谁隐，一样花开为底迟"，又能写出宝钗的"好风凭借力，送我上青云"。

或许，在文字的世界里，人是可以活出迥然不同的自己的。

三

知道《长干行》，缘于琼瑶小说《追寻》。因为老妈是"琼瑶迷"，家里常有琼瑶小说。小学五年级时，我也开始读琼瑶。当然，是瞒着父母偷偷读的。

我读的第一本琼瑶小说，是台湾皇冠出版社出版的《六个梦》。"惆怅旧欢如梦，觉来无处追寻。"《六个梦》收入了《追寻》《哑妻》《三朵花》等六个凄美的爱情故事。后来，这六个故事都被拍成了电视连续剧。刘雪华、俞小凡、岳翎等一批"琼瑶女郎"，不知俘获了多少痴情观众的眼泪。

四

在《追寻》中，8岁的寒门女孩婉君嫁入世家周家，为周家病重的大少爷冲喜，在和周家三少爷叔豪的朝夕相处中，有了两小无猜、天真烂漫的感情。

"妾发初覆额，折花门前剧。郎骑竹马来，绕床弄青梅。同居长干里，两小无嫌猜。"婉君与叔豪斗蟋蟀、捉蝴蝶、骑竹马、猜字谜等情景，不正是另一个时空中上演的《长干行》吗？或许，琼瑶是李白千年后的知音。她读懂了李白，读懂了《长干行》。

和《追寻》一样，一曲《长干行》，道尽了一个和婉君类似的深闺女子一生的爱和哀愁……《长干行》的故事，可以从一个家住长干里（今南京秦淮河畔的一条巷子）的小女孩说起。

一个60岁的人，如果要将过去的60年拍成一部60分钟的纪录片，一定不是将一年平均拍成一分钟。有时候，一个瞬间，可以拍好几分钟；有时候，好几十年，也无非是弹指刹那。

这个自称是"妾"的女子，人到中年时，蓦然回首，发现这一生中最幸福的时光，似乎定格在 14 岁、15 岁、16 岁那三年。

五

14 岁，她嫁给了那个常常骑着竹马来逗她玩青梅的邻家大哥。虽然从小一起长大，熟悉得不能再熟悉了，但真的成为夫妻，耳鬓厮磨之际，新娘依然娇羞不已。"最是那一低头的温柔，像一朵水莲花不胜凉风的娇羞。"在新郎眼里，娇羞的她是他今生今世最美的新娘。

15 岁，她浅笑盈盈，沉浸在新婚的甜蜜和幸福中。多少个月明星稀的夜晚，他们依偎在小轩窗下，一起憧憬未来。他说："我会像庄子笔下的尾生那样，坚守对你的承诺，一辈子不离不弃，陪着你，守着你。"她说："有你在我身边，此生可以无憾。"执子之手，与子偕老，是他们之间的约定。

16 岁那年，身为商人的他，为了生计，不得不告别爱妻，外出经商。她心中纵有千般不舍，但除了依依话别，别无他法。他答应她，办完了正事就回家。她含泪点头，一颗心却被他带走了。"此时相望不相闻，愿逐月华流照君。"她无论如何也没有想到，他这一去，就再也没有回来。

"门前迟行迹，一一生绿苔。苔深不能扫，落叶秋风早。"曾经的欢声笑语，早已飘散在空中。如今的她，在一年一年遥遥无期的等待中，蹉跎了岁月，憔悴了红颜。

他遇到了什么不测吗？是被什么事耽搁了吗？或者，已在异地他乡有了更好的归宿？她在心中一遍遍追问，可是，谁来回答她呢？

曾经，她天真地以为，这辈子都不需要登上望夫台；如今，她去得最多的地方，却是离家很远的望夫台。

诗人舒婷在长江三峡的游轮上，遥望岸边的望夫台时，情不自禁地写下了一句经典的诗："与其在悬崖上展览千年，不如在爱人肩头痛哭一晚。"

无来由地，我总觉得，这个在悬崖上展览千年的女子，就是《长干行》中的她。

六

《长干行》中的爱情，即使在千年后的今天，依然清晰可见。

李白的令人怀念，在于他洞悉了人性和爱情的诡谲，写出了一首照见千年的情诗。这首诗里，隐隐约约有我们每一个人的影子。

爱并不会是一种罪过，恨也不会是一种解脱。爱与哀愁，对我来说像杯烈酒，美丽却难以承受。

如果可以穿越，我想穿越到李白生活的那个年代。或许，不经意间，就能在长安城的某个小酒楼里，看到李白大步流星地走来。

最后，借比李白小11岁的杜甫写下的诗句，来怀念李白——

"冠盖满京华，斯人独憔悴。孰云网恢恢，将老身反累。千秋万岁名，寂寞身后事。"

当"诗坛三剑客"遇见"安史之乱"

一

公元 756 年，对大唐来说，注定是一个血雨腥风的年份。名义上，这一年，是大唐天宝十五载，是李隆基的天下。然而，当安史叛军的铁蹄以横扫中原之势攻陷洛阳、攻陷长安后，李隆基不得不面对这样的事实：正月初一，叛贼安禄山在洛阳自称雄武皇帝，国号大燕，年号圣武，任命达奚珣等亲信担任丞相各职；七月十二，太子李亨在朔方军大本营灵武城（今宁夏银川）举行登基仪式，改年号为至德，遥尊李隆基为太上皇，当天，李亨就派使者前往四川，向李隆基报告了这一消息；七月十五，李隆基诏令诸子分领天下节度使，任命第十六子李璘为山南东路、岭南、黔中、江南西路等四道节度使，坐镇江陵。九月，李璘抵达江陵，手握四道重兵，坐拥千里疆土，决定仿效东晋王朝，占据一方，划地而治……

一山尚且容不得二虎，在这场争夺天下的斗争中，大唐和叛军之间、太上皇和太子之间、太子和兄弟之间，注定将展开一场又一场残酷的生死较量。一时间，杀人如麻，血流成河。

据北宋历史学家司马光在《资治通鉴》中记载，754 年，户部
奏大唐注册人口 907 万户，5288 万人；764 年，户部奏注册人口减
至 290 万户，1690 万人。长达八年的"安史之乱"，竟然使唐朝注
册人口锐减大半。

二

战争的机器一旦打开，战争的魔兽一旦出笼，无人可以幸免，
包括号称"诗佛""诗仙""诗圣"的王维、李白和杜甫。

王维、李白和杜甫，仿佛约好了似的，同时生活在大唐盛世。
王维和李白同年，都出生于 701 年，杜甫比他俩小 11 岁，出生于
712 年。如果诗人的笔是一把利剑，那么，他们三人仿佛盛唐诗坛
的"三剑客"。

虽然杜甫在三人中最为年轻，但我总觉得杜甫是白发苍苍的老
者，心忧天下，心系苍生，看到自家屋漏，就会想到天下寒士，祈求"安
得广厦千万间，大庇天下寒士俱欢颜，风雨不动安如山"。为何他
的眼里总是饱含泪水？因为他看到了"朱门酒肉臭，路有冻死骨"。

李白则是求仙访道、纵情狂歌的侠士，路见不平，拔刀相助，
一言不合，拍案而起。他喜欢和天上的月亮、地上的影子喝酒，"举
杯邀明月，对影成三人"。喝到欢畅时，就拍着胸脯高歌"我本楚
狂人，凤歌笑孔丘"。

王维则是气度高华、云淡风轻的才俊，虽然世界以痛吻他——
他幼年丧父、青年丧妻、中年丧母，但他报之以歌。无论命运如何
跌宕起伏，他都寄情山水，安之若素，一手写"大漠孤烟直，长河
落日圆"，一手写"行至水穷处，坐看云起时"……

他们在诗词世界中的形象，已和真实年龄无关。

如果没有"安史之乱"，他们会继续按他们的风格生活。王维选择了禅宗意境的生活，继续写他的山水田园诗歌；李白选择了生命的放逐，继续写他的浪漫主义诗歌；杜甫选择了生活的重负，继续写他的现实主义诗歌。这是大时代下他们的不同选择。然而，战争不受控制地爆发了，他们的选择也随之彻底改变，或者说，无法选择……

三

755年12月，"安史之乱"爆发。756年6月，李隆基带着杨玉环秘密逃离长安城。

李隆基离开了长安，但一大批臣子来不及离开，留在了长安。王维也在其中，当时他的官职是正五品上的给事中。

安史叛军在长安杀人如麻，将包括霍国公主在内的90多个皇室宗亲剖腹挖心，官员更是伤亡无数。混乱中，王维被叛军捕获，关押在杨国忠的宅子里。不过，对于王维，安禄山似乎多了一份耐心。他虽然是个大老粗，却读过王维的诗，看过王维的画，对王维的才华很仰慕。得知手下抓了王维后，安禄山特地交代，一定要逼王维投降，但不准伤了王维。

情急之中，王维吞下了让喉咙暂时变哑的药物，任凭叛军如何威逼利诱，王维都以无法说话为由，拒不投降。几天后，叛军将其押至洛阳，关押在洛阳菩提寺，他成了安禄山的阶下囚。

一日，安禄山在洛阳神都苑凝碧池大宴群臣，命令大唐的宫廷乐工来演奏助兴。这些乐工都曾常年跟随在李隆基身边，不由得触景伤怀，默默垂泪。其中有位名叫雷海青的乐工，他扔掉手中的乐器，面向西方失声痛哭。安禄山大怒，当即下令将雷海清残忍肢解，杀一儆百。

王维的好友裴迪来菩提寺探望王维时，将雷海青的悲惨遭遇告诉了王维。王维悲愤难抑，当即写下一首七绝："万户伤心生野烟，百僚何日更朝天？秋槐叶落空宫里，凝碧池头奏管弦。"

这首诗被裴迪带出菩提寺，广为传诵，辗转传到了身在益州（今四川成都）的李隆基耳朵里。李隆基久久注视着长安方向，感慨道："从贼之臣，毁谤朝廷，如陈琳之檄曹操者多矣。王维独痛赋秋槐落叶诗，故曰不得比陈琳也。"

王维求生不得，求死不能，乐工雷海清的死更是让他悲痛不已。最后，无论他是否愿意，安禄山任命的伪朝官员名单中，赫然有他的名字，职务依旧是给事中。

据《旧唐书·王维传》："禄山陷两京，玄宗出幸，维扈从不及，为贼所得。维服药取痢伪称瘖病。禄山素怜之，遣人迎置洛阳，拘于普施寺，迫以伪署。"王维的无奈和痛苦，唯明月可鉴。

四

757 年秋天，唐军相继收复长安、洛阳，李亨主政长安，王维等被安禄山任命的伪官都被捕入狱，面临被处死的危险。

在性命攸关之际，让王维万万没有想到的是，他当年写的"万户伤心生野烟，百僚何日更朝天？秋槐叶落空宫里，凝碧池头奏管弦"竟救了他一命！

李亨读了这首诗，原谅了王维。因为他相信诗为心声，王维虽然任过伪职，但迫不得已，且身在敌营，心向朝廷，可以免死。

758 年 2 月，王维出狱。

从表面上看，"安史之乱"带给王维的牢狱之灾就这样化险为夷了，但事实上，它对王维的人生观、价值观、世界观都产生了极大的影响。晚年的王维，常居蓝田辋川别墅，过着半官半隐、亦官亦隐的生活。

758年秋天，他在辋川别墅写了一首五言律诗《终南别业》："中岁颇好道，晚家南山陲。兴来每独往，胜事空自知。行到水穷处，坐看云起时。偶然值林叟，谈笑无还期。"表面上，他在写独自信步漫游，走到水的尽头，坐下来看行云变幻，同山间老人谈谈笑笑，把回家的时间也忘了。其实，他在表达一种生命的状态。

王维晚年时，杜甫给王维写过一首诗，题为《奉赠王中允》："中允声名久，如今契阔深。共传收庾信，不得比陈琳。一病缘明主，三年独此心。穷愁应有作，试诵白头吟。"

761年7月，王维在辋川安然离世。

五

从"开元盛世"到"安史之乱"，在大唐由盛转衰的时代剧变中，有一个人用他的如椽大笔记录下了这些变化，他就是杜甫。

747年，李隆基诏天下"通一艺者"到长安应试，杜甫也参加了考试。但李林甫编导了一场"野无遗贤"的闹剧，参加考试的士子全部落选。

为实现自己的政治理想，杜甫不得不转走权贵之门，投赠干谒，但都没有结果。

751年正月，李隆基将举行祭祀太清宫、太庙和天地的三大盛典，于750年冬天向天下有才之士征集《大礼赋》。杜甫闻讯写了《大礼赋》，终于得到赏识，有了进入集贤院的"参列选序"资格。然而，因集贤院主试者仍为李林甫，杜甫最终没有得到官职。

杜甫一直客居长安，奔走献赋，仕途失意，郁郁不得志，过着
拮据困顿的生活。

755 年，杜甫客居长安八年后，终于被授予一个低阶官职——
河西尉，但他不愿意赴任，朝廷就让他改任右卫率府兵曹参军。对
于 43 岁的杜甫来说，得到这个官职，不知是该高兴还是该失望，
但最后为了生计，他还是接受了这个所学无用之职。

755 年 11 月，杜甫积累了一些盘缠，回奉先（今陕西蒲城）
看望久未见面的妻儿。他一路星夜兼程，不料刚进家门，就听到妻
子惨烈的哭泣声，原来是小儿子活活饿死了。

他再也控制不住郁积已久的悲愤，一口气写成了《自京赴奉先
县咏怀五百字》，字字啼血，句句哀号。

杜甫在诗中悲愤地描述了长安皇室权贵的荒淫腐败——"君臣
留欢娱，乐动殷樛嶱。赐浴皆长缨，与宴非短褐"；痛心地揭露了
贫富悬殊的社会现实——长安贵族在豪宅里尽情挥霍，"劝客驼蹄
羹，霜橙压香橘"，长安平民在社会底层苦苦挣扎，"朱门酒肉臭，
路有冻死骨"。

最后，杜甫看着眼前哭得肝肠寸断的妻子，痛苦地自责："老
妻寄异县，十口隔风雪……所愧为人父，无食致夭折。"

六

756 年 6 月，潼关失守，李隆基仓皇西逃。7 月，太子李亨即
位于灵武。此时，杜甫已带着妻儿到鄜州（今陕西富县）羌村避难。
8 月，他听说李亨即位后，只身前往灵武，想投奔李亨，不料途中
被安史叛军俘虏，押至长安，遇到了同样被俘的王维。不过，杜甫
因为官小，很快就被放了。

一向忧国忧民的杜甫，时刻关注着时局的发展，写了两篇文章——《为华州郭使君进灭残寇形势图状》和《乾元元年华州试进士策问五首》，为剿灭安史叛军献计，为减轻百姓负担献策。

757年4月，郭子仪大军来到长安附近，杜甫冒险穿过对峙的两军，一路狂奔，逃到凤翔（今陕西宝鸡）投奔李亨。5月16日，被李亨授为左拾遗。不料，杜甫很快因营救房琯而触怒李亨，被贬到华州（今陕西渭南），负责祭祀、礼乐、考课等事。杜甫心情十分苦闷，写下了《题郑县亭子》《瘦马行》等诗作，抒发了对仕途失意、世态炎凉、奸佞进谗的感叹和愤懑。

757年9月，李亨收复长安。11月，杜甫回到长安，仍任左拾遗，虽忠于职守，但终因受房琯案牵连，于758年6月被贬为华州司功参军。

758年底，杜甫到洛阳、偃师（均在今河南省）探亲。759年3月，唐军与安史叛军的邺城（今河南安阳）之战爆发，唐军大败。

杜甫从洛阳返回华州的途中，亲眼看见常年的战乱给百姓带来的无穷灾难，不由悲从中来，奋笔写下了奠定他"诗圣"地位的不朽史诗——"三吏"和"三别"，分别是《新安吏》《石壕吏》《潼关吏》和《新婚别》《垂老别》《无家别》。

一句"莫自使眼枯，收汝泪纵横。眼枯即见骨，天地终无情"，被世人誉为神来之笔。覆巢之下，安有完卵？乱世之中，岂有静好？

试问苍天大地，这满目的家破人亡，到底由谁造成？这无尽的妻离子散，到底拜谁所赐？然而，苍天终究无语，天地到底无情。

如果说杜甫曾经的眼泪，是为妻儿的颠沛流离而流，是为自己抱负未酬却已两鬓斑而流，那么他如今的眼泪，是为天下所有受尽苦难的百姓而流！

七

759年秋天，杜甫因对污浊的时政痛心疾首，辞去华州司功参军之职，几经辗转，来到益州，在城西浣花溪畔建成一座草堂，世称"杜甫草堂"，也称"浣花草堂"。

某个狂风暴雨的秋夜，茅屋破败，饥儿老妻，彻夜难眠，杜甫心中感慨，提笔写下《茅屋为秋风所破歌》。一句"安得广厦千万间，大庇天下寒士俱欢颜"，即使跨越千年，也依旧会让同样经历过风雨的寒士热泪盈眶。

765年4月，杜甫离开成都，辗转到达夔州。他不断接到一个又一个朋友离世的噩耗：761年，王维离世；762年，李白离世；763年，房琯离世；764年，郑虔和苏源明离世……

夜深人静时，他常常怔怔地看着天上的孤月，思念在另一个世界的朋友们，用颤抖的手写下了心中的悲伤："郑公粉绘随长夜，曹霸丹青已白头。天下何曾有山水，人间不解重骅骝。"这首诗，表面上是写给郑虔的，但又何尝不是写给所有已经凋零的朋友的挽歌呢？

767年九月初九，正值重阳，杜甫在夔州独自登高望远。放眼江边，一片空旷寂寥；回首一生，尽是穷困潦倒。感慨万千之时，他写下了被后人誉为"对诗歌声律的把握运用已达圆通之境"的《登高》："风急天高猿啸哀，渚清沙白鸟飞回。无边落木萧萧下，不尽长江滚滚来。万里悲秋常作客，百年多病独登台。艰难苦恨繁霜鬓，潦倒新停浊酒杯。"

杜甫写此诗时，距离王维于717年重阳节写《九月九日忆山东兄弟》，刚好过去了整整50年。在历史的长河中，50年或许只是弹指一瞬，但在人的生命中，50 年或许就是漫长一生！

王维和杜甫，同样是重阳节登高望远，但他们中间隔着的，岂止是岁月凝成的鸿沟？岂止是时代造就的天堑？更是世事无常，更是沧海桑田，更是曾经的盛世繁华，早已一去不复返。

770 年，在漂荡于湘江的一叶小舟上，杜甫闭上双眼，任由泪水无声流淌。

一个生命结束了，一个时代结束了。不过，他的"无边落木萧萧下，不尽长江滚滚来"，注定会成为千古绝唱！

八

和王维、杜甫被叛军抓获，被动地卷入"安史之乱"不同，李白和"安史之乱"的相遇，则仿佛飞蛾扑火。

最初，他以为生命会因之而绚烂，但到最后，他发现原来只是一场生命的闹剧。

李白一生有四段婚姻，"安史之乱"爆发时，陪伴在他身边的是第四任妻子——武则天时期的宰相宗楚客的孙女宗氏。

说到李白和宗氏的相遇，正如李白的浪漫主义诗歌一样，还颇有几分浪漫色彩。

744 年，李白被李隆基赐金放还后，离开长安，漫游梁宋（今属河南）之地。749 年，李白、杜甫、高适三人来到大梁（今河南开封）的梁园游玩。他们正在梁园开怀畅饮时，隐约听到附近传来悠扬的琴声，李白诗兴大发，伴着悠扬的琴声，挥笔在墙上写下了《梁园吟》。

三人离去后，琴声的主人路过这面墙，看到墙上的《梁园吟》时，不由怔住了。是何等才气纵横，方能写得出"人生达命岂暇愁，且饮美酒登高楼""沉吟此事泪满衣，黄金买醉未能归""东山高卧时起来，欲济苍生未应晚"这样真性情的文字！

当僧人准备将墙上的诗文擦掉时，她毫不犹豫地用一千两的银子买下了这面墙壁，而这位千金买壁的主人便是已故宰相宗楚客的孙女——宗氏。

宗氏千金买壁的美谈不胫而走，很快传到了李白耳朵里，李白不由怦然心动，特别是当他得知那天在梁园抚琴的人就是她时，更加心潮难平。

在杜甫和高适的穿针引线下，李白向宗氏表达了爱慕之情，而宗氏早就仰慕李白的文才，欣然应允。于是，李白以《梁园吟》作为聘礼，宗氏以粉墙作为嫁妆，不择吉日，结为夫妻。几天之后，高适、杜甫离开大梁，李白、宗氏在梁园设宴饯行。

宗氏拿起笔墨，恭请高适、杜甫在李白的《梁园吟》旁边题诗。二人欣然从命，留下墨宝。宗氏为三人作序，写下了文坛三杰梁园会诗的始末，可谓"珠联璧合""蓬荜生辉"。

九

如果没有"安史之乱"，李白和宗氏或许会一直这样在大梁幸福地生活下去。然而，世事难料，"安史之乱"的爆发，迫使他们开始了颠沛流离的逃难生活。

李白先带着宗氏南下，逃到当涂（今安徽东部）时，听说洛阳已经失陷，中原横溃，只好从当涂经过宣城，辗转来到剡中（今浙江嵊州、新昌一带）。

756年夏天，听说郭子仪、李光弼在河北大破史思明，收复河北十余郡。李白又带着宗氏返回金陵。

756年秋天，听说皇上带着宠妃和近臣逃往蜀中，李白带着宗氏沿长江西上，来到庐山屏风叠，打算在此隐居下来。如果不出意外，李白和宗氏可以在庐山一直隐居，直到战争结束。然而，此时此刻，有一个人想到了李白，他就是李隆基的第十六子、太子李亨的异母弟弟——永王李璘。

他本应为朝廷修筑江淮防线，防止"安史之乱"的战火向江南蔓延。然而，江南无尽的繁华动摇了李璘的心志，他突然觉得，现在天下大乱，他又手握重兵，若能割据江南，也不失为另一个东晋。对此，《资治通鉴》有云："以为今天下大乱，惟南方完富，璘握四道兵，封疆数千里，宜据金陵，保有江表，如东晋故事。"

创业需要人才，划地而治当然更需要人才，尤其是善于吆喝、鼓舞士气的人才。李璘想到了李白。他知道李白曾被他父皇赐金放还，知道李白素有政治抱负，只是苦于没有报国之门，知道李白此时隐居在庐山，这些因素叠加在一起，不正是天降人才、天助我也！

于是，李璘派人去庐山请李白出山。可以想象，当李白面对李璘派来的使者时，他的心情无疑又惊又喜。惊讶的是，他早已远离朝堂，怎么还会被永王惦记？高兴的是，他一辈子都想出人头地，这回终于有机会了！

不过，宗氏不愿让李白出山。她的祖父宗楚客，一生在宦海浮沉。对于官场的险恶，她心有余悸。她提醒李白：如果你去了永王帐下，那就是从军啊！要知道，你已经56岁了，怎么经得起这样的折腾？你不要去。

李白虽然很想投奔永王，但又觉得宗氏言之有理，且放心不下宗氏。在烽火连天的战争岁月，一旦生离，或许就成了死别。

永王不死心，一次被拒，再请；两次被拒，再请。当使者第三次站在李白面前时，李白内心的防线轰然倒塌——当年刘皇叔三顾茅庐请诸葛亮出山，想不到我李白这辈子也有如此殊荣和待遇。什么都不说了，我去！

于是，李白提笔给宗氏写下《别内赴征三首》，挥泪告别宗氏，跟随使者投奔永王而去。这三首诗写尽了李白的心思，宗氏看得泪流满面，却又拿李白没有办法……

其一："王命三征去未还，明朝离别出吴关。白玉高楼看不见，相思须上望夫山。"

其二："出门妻子强牵衣，问我西行几日归。归时倘佩黄金印，莫学苏秦不下机。"

其三："翡翠为楼金作梯，谁人独宿倚门啼？夜坐寒灯连晓月，行行泪尽楚关西。"

十

对于永王李璘划江而治的真实想法，李白是毫不知情的。他只知道，自己将要辅助永王平定这场叛乱，他们将被载入史册，他终于可以在史书上留下一笔了！虽然只是微不足道的一笔，但毕竟有了痕迹，他没有白活这一世！

757年正月，57岁的李白在永王军营提笔挥毫，壮志满怀地写下了一系列《永王东巡歌》，为永王东征吹响了嘹亮的号角。他写道："永王正月东出师，天子遥分龙虎旗。楼船一举风波静，江汉翻为燕鹜池。"他还写道："三川北虏乱如麻，四海南奔似永嘉。但用东山谢安石，为君谈笑静胡沙。"……

回首一生际遇，他似乎压抑了太久太久，如今，趁着能被永王器重，他要倾其所有，将他对太平盛世的怀念和建功立业的向往，全部倾注笔端。因此，他的《永王东巡歌》，诗风一如既往地豪放、浪漫、瑰丽、奇特。

号角既已吹响，李璘就出兵大举东进，兵锋直指广陵，正式扯起了反叛的大旗！

然而，李白依然天真地以为，永王是去和叛军交战，继续本着幕僚的职责，写下了一首又一首《永王东巡歌》。他要以笔为戈，为永王效力，为平叛效力。

李白无论如何都没有料到，这一次，他竟然犯了一个严重的政治错误。在赞扬李璘的《永王东巡歌》中，有一首是这样写的："祖龙巡海不成桥，汉武寻阳空射蛟。我王楼舰轻秦汉，却似文皇欲渡辽。"李白的本意是吹捧李璘大军勇武非凡，必然旗开得胜，然而，他在诗中把李璘比作汉武帝和唐太宗。如果李璘的行为被认定为造反，那么这首诗就成了一首反诗，李白就这么无意间成了逆党！

李璘大军攻打广陵，杀丹徒太守阎敬之，一时间震动江淮。李隆基大为震怒，急忙下诏将李璘废为庶人，李亨也立刻派李成式带兵前来围剿李璘。

李成式抵达广陵后，派三千士卒在城墙上插满旗帜，举行大阅兵。李璘隔江看到对岸人头攒动，旗帜遮天，一时间便有些慌了手脚。等到当天晚上，唐军又点起无数火把，火光倒映在江上，一片璀璨。李璘以为朝廷大军已经渡江而来，吓得连夜逃跑了。

757 年 2 月 20 日，李璘与江西采访使皇甫侁大战于大庾岭，死于皇甫侁刀下。

或许，李璘到死都没有明白，江南虽好，却终非囊中之物。他偏要用他单薄的实力，去支撑他膨胀的野心，最后断送了卿卿性命。

十一

此时，一心想跟着李璘建功立业的李白，却还蒙在鼓里，正在苦苦寻找李璘的身影。

自始至终，李璘都没把李白当成心腹，李白没有找到坑了自己的李璘，却遇到了朝廷的大军。

无论李白如何辩解，一切都是徒劳，因为这 11 首洋洋洒洒、激情满怀的《永王东巡歌》，就是最好的罪证。李白被认定为附逆，险些被处死，后经朋友求情，改判为发配夜郎。

此时，王维被安禄山关押在洛阳菩提寺，杜甫则一路狂奔，逃到凤翔（今陕西宝鸡）投奔李亨，被授为左拾遗。

自李白被朝廷抓捕后，宗氏日夜担心李白，无数次从噩梦中惊醒。当她听说李白被发配夜郎后，不由得喜极而泣，无论如何，李白可以活下来了！

李白自浔阳出发，宗氏让弟弟宗嫌一路护送他。李白途经西塞驿（今湖北武汉），至江夏，登黄鹤楼，眺望鹦鹉洲，无数前尘往事，纷纷涌上心头。李白沉默无言，只留下一声深深的叹息……

759 年春天，李白行至白帝城时，忽然收到了赦免的消息。原来因关中遭遇大旱，李亨宣布大赦，规定死者从流，流以下完全赦免，李白终于重获新生！他惊喜交加，当即乘舟顺江而下。一路上，他抑制不住激动的心情，对着两岸迅速后退的群山高歌："朝辞白帝彩云间，千里江陵一日还。两岸猿声啼不住，轻舟已过万重山。"在经历了一次次生死考验后，从李白口中吟出的诗，早已洗尽铅华，不事雕琢，随心所欲，浑然天成，被明代杨慎赞为"惊风雨而泣鬼神"之作。

李白重获自由后要做的第一件事，就是前往庐山，和分别两年多的妻子团圆。

想到他 756 年冬天离开宗氏时写的"出门妻子强牵衣，问我西行几日归。归时倘佩黄金印，莫学苏秦不下机"，他不由得自嘲地摇了摇头。那时的他，不知天有多高，地有多厚，大言不惭地说什么"如果我回来的时候，佩带着宰相的黄金印章，你会不会像苏秦的妻子那样，认为我太庸俗而不理睬我了"，真是可笑至极，天真至极，荒唐至极！

不过，如果他是飞蛾，从军是扑火，那么若飞蛾不曾扑过火，怎么谈执着？说到底，他从军，无关政治，而是听从了内心的召唤。

当宗氏终于见到一身风尘、两鬓斑白的李白时，她什么话都没有说，只是紧紧拥住他，眼泪止不住地往下流。泪水濡湿了李白胸前的衣襟，也温暖了他历经沧桑的心。虽然岁月冷，衣衫薄，命运一路曲折，但只要宗氏知他懂他，其他的，又何必介怀？

一个秋高气爽的日子，李白带宗氏登上庐山。看着眼前的壮丽河山，看着和他并肩站在一起的宗氏，李白诗情迸发，留下了经典之作《庐山谣寄卢侍御虚舟》。

"我本楚狂人，凤歌笑孔丘。手持绿玉杖，朝别黄鹤楼。"

"五岳寻仙不辞远，一生好入名山游。庐山秀出南斗傍，屏风九叠云锦张。"

"登高壮观天地间，大江茫茫去不还。黄云万里动风色，白波九道流雪山。"

这些写尽真性情的佳句，注定会成为千古绝唱。

十二

然而，李白一生的理想是"功成身退"，功一日未成，身便不能全退。

761 年，李白让宗氏在庐山拜李林甫之女李腾空为师，潜心修道，自己则前往金陵，继续他艰难的求仕之旅，希望实现他未竟的事功。

这一次，宗氏以为只是短暂的离别，不料却成了永别。

李白在金陵的生活相当窘迫，不得已又投奔了在当涂做县令的族叔李阳冰。

762 年 12 月，李白病重，在病榻上把全部手稿交给李阳冰，临死前赋诗一首，名为《临终歌》："大鹏飞兮振八裔，中天摧兮力不济。余风激兮万世，游扶桑兮挂石袂。后人得之传此，仲尼亡兮谁为出涕。"

值得一提的是，李白在诗中用了"孔子泣麟"的典故。传说，麒麟是一种祥瑞神兽。鲁哀公十四年（公元前 481 年），鲁国猎获一只麒麟，孔子难过地流泪。李白自比麒麟，哀叹仲尼已亡，还有谁会为他的死伤心哭泣呢？李白一生的郁郁不得志，尽在这句"仲尼亡兮谁为出涕"中。

元代文学家辛文房编撰的《唐才子传·李白》中，有这样一段文字：

"白浮游四方，欲登华山，乘醉跨驴经县治，宰不知，怒，引至庭下曰：'汝何人，敢无礼！'白供状不书姓名，曰：'曾令龙巾拭吐，御手调羹，贵妃捧砚，力士脱靴。天子门前，尚容走马；华阴县里，不得骑驴？'宰惊愧，拜谢曰：'不知翰林至此。'白长笑而去。"

　　每次读到"曾令龙巾拭吐，御手调羹，贵妃捧砚，力士脱靴"，我总觉得，像李白这样活出真性情的人，生命是不会终结的，就像《西游记》中的孙悟空，上穷碧落下黄泉，总有他可以闹腾的去处。

　　虽然李白卷入了"安史之乱"，但他的气质，似乎永远属于那个仪态万方、气象万千的大唐盛世。

　　谨以此文，纪念曾在大唐轰轰烈烈活过的王维、李白、杜甫，以及和他们一样的千万诗人……

盛唐诗人的最后一场诗会

一

757 年 10 月,唐军收复长安。唐玄宗李隆基、唐肃宗李亨回到长安。大乱初平,人心思安。李亨大赦天下,改元乾元,朝廷一切礼仪制度恢复如旧。

758 年 3 月 18 日,李亨在大明宫含元殿召见文武百官和外国使臣。在这场声势浩大的早朝盛典上,文武百官仿佛看到了盛唐时期的恢宏气象,看到了大唐中兴的希望所在。

早朝结束后,一场诗会不期而至。

发起诗会的,是中书舍人贾至;参与诗会的,是中书舍人王维、左拾遗杜甫、右补阙岑参。

二

贾至出生于 718 年,字幼邻,长乐郡信都县(今河北衡水)人。生于官宦家庭,祖父贾言忠,官至吏部员外郎;父亲贾曾,官至中书舍人、谏议大夫、礼部侍郎。

大唐的科举考试名目繁多，最主要的是进士科和明经科，明经易考，进士难得，有"三十老明经，五十少进士"之说。

虽然贾至家学渊源，却一直考不中进士。好不容易到751年，33岁的贾至才考中明经，任单父县尉。本想为官一任，造福一方，然而，短短四年后，"安史之乱"爆发了。"安史之乱"中，贾至跟随唐玄宗逃往蜀中。因贾至以文著称，唐玄宗任命他为中书舍人、知制诰，为皇上撰写传位册文。

巧合的是，唐玄宗的受命册文由贾曾所撰，而传位册文则由贾至所撰。唐玄宗感叹："两朝盛典出卿家父子手，可谓继美。"

贾至撰写的册文，典雅华瞻，被誉为"历历如西汉时文"。

韩愈的弟子皇甫湜也说："贾常侍之文，如高冠华簪，曳裾鸣玉，立于廊庙，非法不言，可以望为羽仪，资以道义。"

757年10月，李隆基和李亨返回长安。李隆基住兴庆宫，李亨住大明宫。

758年正月十五，唐玄宗册封唐肃宗为"光天文武大圣孝感皇帝"。二月初三，唐肃宗来到兴庆宫，奉册上皇徽号曰"太上至道圣皇大帝"。

李隆基和李亨无疑是在昭告天下，他们父慈子孝，顺利完成了皇权的交接。

三

758年二月初五，天气晴朗。时当早春，弱柳依依，春草泛绿，晓风已无寒意。这日清晨，文武百官来到大明宫外，银烛成行，仪卫俨然。各国使臣也都肃然列队，等候朝拜大唐天子，再睹大唐国威。

卯初二刻（早晨五点半），大明宫的丹凤门缓缓开启，内侍提着灯笼，引导文武百官进入含元殿，依班站立，恭候圣驾。

卯正时分（六点），唐肃宗在仪卫的簇拥下登上含元殿，先是百官行礼，然后内侍宣召各国使臣觐见。各国使臣按中国礼仪拜见大唐天子，礼数甚恭。整个早朝仪式既庄严肃穆，又不失喜庆祥和。

唐肃宗宣布大赦天下，并颁布许多德政，群臣一片欢呼。此时，旭日东升，阳光普照，含元殿内檀香袅袅，大明宫中百鸟鸣唱。或许是被"安史之乱"压抑得太久了，朝廷上下很久没有像今日早朝这般振奋人心、扬眉吐气了！

于是，早朝结束后，中书舍人贾至诗兴大发，将早朝盛况写成了一首七律，题目是《早朝大明宫呈两省僚友》："银烛朝天紫陌长，禁城春色晓苍苍。千条弱柳垂青琐，百啭流莺绕建章。剑佩声随玉墀步，衣冠身惹御炉香。共沐恩波凤池里，朝朝染翰侍君王。"

唐朝中央政府实行三省六部制。贾至说的"两省僚友"，指的是中书省、门下省的同僚。让贾至没有想到的是，他无意中的一个举动，竟促成了中国文学史上的一桩盛事。

他的抛砖引玉之举，引来了三位同僚的唱和，其中两位是被后世称为"诗佛""诗圣"的王维、杜甫，另一位是以边塞诗见长的岑参。

四

先来看看中书舍人王维的和诗《和贾至舍人早朝大明宫之作》："绛帻鸡人报晓筹，尚衣方进翠云裘。九天阊阖开宫殿，万国衣冠拜冕旒。日色才临仙掌动，香烟欲傍衮龙浮。朝罢须裁五色诏，佩声归到凤池头。"

王维写得较多的是五言，如"红豆生南国，春来发几枝""大漠孤烟直，长河落日圆""行到水穷处，坐看云起时"。但他这首七律，同样出手不凡。一句"九天阊阖开宫殿，万国衣冠拜冕旒"，写尽了大唐的富丽堂皇、气象万千。

几百年后，这首诗深受爱新觉罗家族喜欢，由书法家用工楷书写，挂在皇帝日常办公的养心殿，供皇帝品鉴。当然，这是后话。

在758年这一天，当王维写下此诗时，不知他会想到什么。或许，他想到了"开元盛世"，想到了他和张九龄、裴耀卿同朝为官的时代。那真是一个好时代！

五

那是735年，张九龄任中书省最高长官中书令，裴耀卿任门下省最高长官侍中。两位长官都很欣赏王维，邀请王维重返朝廷，到中书省任右拾遗。王维感念两位长官的知遇之恩，欣然赴任。

这么多年过去了，王维清晰地记得他第一次以右拾遗的身份参加洛阳紫微城早朝的情景。

洛阳紫微城始建于隋大业元年（605年），有沧桑感，即便在桃红柳绿的掩映下，依然不失其庄严肃穆。那天，东方刚露出曙色，他就到了紫微城。鸟雀在城门上鸣叫，苍劲的槐树笼罩在氤氲的雾气中。城门内传来隐隐的响动，九品以上官员纷纷从四面八方汇聚过来，他们手中提着的灯笼汇成了一片灯海……王维触景生情，随口吟了一首五言律诗《早朝》："皎洁明星高，苍茫远天曙。槐雾暗不开，城鸦鸣稍去。始闻高阁声，莫辨更衣处。银烛已成行，金门俨驺驭。"

当时的他，踌躇满志，下定决心，要不负张九龄和裴耀卿的厚望，要将自己的全部才华献给朝廷，献给大唐，献给这个伟大的时代！

然而，政治斗争波谲云诡，政局瞬息万变。短短几年后，张九龄和裴耀卿先后被贬离权力中心。朝堂上下，被李林甫一手遮天。身为谏官的王维，在离开和坚守之间进退维谷……

那是 758 年。在过去的两年中，他经历了被叛军俘虏、被迫担任伪职、被大唐朝廷定罪等一系列磨难，可谓九死一生。一个月前，唐肃宗宽恕了他，任命他为太子中允，正五品上，官复原阶。时隔不久，又对他加集贤学士衔，这是正五品以上官员才有资格享有的荣誉。王维感念在心，向唐肃宗呈上了《谢除太子中允表》《谢集贤学士表》。他似乎看到了大唐中兴的希望，愿意在他所剩无多的时光里，尽力再发出一些微弱的光芒。

六

再来看看左拾遗杜甫、右补阙岑参的和诗。

"安史之乱"爆发前，杜甫在长安漂泊了八年，亲眼看见了社会底层的艰辛，痛心疾首地发出了"朱门酒肉臭，路有冻死骨"的谴责。他擅长七律，看到贾至的诗，不假思索，一挥而就，写了《奉和贾至舍人早朝大明宫》："五夜漏声催晓箭，九重春色醉仙桃。旌旗日暖龙蛇动，宫殿风微燕雀高。朝罢香烟携满袖，诗成珠玉在挥毫。欲知世掌丝纶美，池上于今有凤毛。"

岑参最擅长的是边塞诗，此时已凭"马上相逢无纸笔，凭君传语报平安""忽如一夜春风来，千树万树梨花开"等佳句闻名诗坛。他写了《和贾至舍人早朝大明宫之作》："鸡鸣紫陌曙光寒，莺啭皇州春色阑。金阙晓钟开万户，玉阶仙仗拥千官。花迎剑佩星初落，柳拂旌旗露未干。独有凤凰池上客，阳春一曲和皆难。"

无论是贾至、王维，还是杜甫、岑参，从他们的诗作中都可以看出，他们对唐肃宗充满了期待，对大唐中兴充满了希望。

七

虽然理想很丰满，但现实很骨感。虽然贾至、王维、杜甫、岑参对大唐中兴充满了期待，但现实一次又一次让他们失望。

李隆基和李亨相互册封上尊号，表面上父慈子孝，其实他们心里很清楚，生在帝王家，从来都没有真正的亲情。

几个月后，唐肃宗开始清理曾经效力于唐玄宗的班底。贾至曾为唐玄宗撰写传位册文，深受唐玄宗信赖，当然是唐玄宗的班底；杜甫和房琯私交甚密，房琯被罢相时，杜甫曾拼死上疏营救，而房琯也是唐玄宗的班底，杜甫自然脱不了干系。

因此，758年6月，杜甫被贬为华州司功参军，贾至被贬为岳州司马，相继离开长安。岑参和王维留在了长安。

岑参在"安史之乱"中主动投奔唐肃宗，唐军收复长安后，岑参扈从唐肃宗返回长安，深得唐肃宗信任，担任右补阙。至于王维，因为他在唐玄宗执政时期一直没有得到重用，此次能够死里逃生，也全仰仗唐肃宗的圣恩。因此，唐肃宗认定王维不敢对他有异心，便让他继续留在长安。

然而，王维高兴不起来。看着杜甫、贾至等贤臣相继离开长安，他在心底深深叹息，对大唐中兴的希望也一点一点暗了下去。

758年，史思明再次叛变，中原地区重遭兵燹，天下再度陷入水深火热之中。

从此，大唐仿佛陷入了无尽的泥潭，深一脚，浅一脚，再难策马奔腾，重振雄风。

八

历史学界将唐代分为初唐、盛唐、中唐、晚唐等四个时期。766年，是盛唐和中唐的分水岭。

758年二月初五的这次朝堂诗会，无意之中为盛唐诗歌画上了一个无力的句号。昔日那个姹紫嫣红、活色生香的长安诗坛，渐渐百花凋零、人去楼空……

秋风吹过，除了被秋风吹起打卷的枯叶，只听见屋角的滴漏在寂寞地轻响，一声声，如泣如诉。长安诗坛仿佛大明宫里的白发宫女，怔怔地仰望屋檐上的一角天空，靠昔日的回忆打发无尽的孤独……

767年重阳节，杜甫在夔州独自登高望远。他极目远眺，再也看不到任何盛唐迹象，心底悲凉，黯然神伤，喃喃低语："无边落木萧萧下，不尽长江滚滚来。"

是的，青春不告而别，岁月不请自来。过去的已经过去，未来的终将到来。

768年，韩愈出生；772年，白居易、刘禹锡出生；773年，柳宗元出生；779年，元稹出生；790年，李贺出生……

下一场诗会，就请他们来开启吧！

深情如他，薄情如他

一

如果你穿越到大唐，问元稹："这一生，你最爱初恋崔莺莺，还是发妻韦丛，还是红颜知己薛涛、刘采春？"我想，元稹可能会认真地告诉你："我爱她们每一个。"

这是他的真心话吗？是，也不是。他确实爱她们每一个，但有效期绝不是一辈子。

爱，从来都是一把双刃剑。被他爱过的女子，同时也被他深深伤过。

哪有什么天长地久？再深的山盟海誓，也敌不过"时间"二字。

古往今来，有人说元稹是情种，有人说元稹是"渣男"。深情的，是他；薄情的，也是他。

或许，从情种到"渣男"，并非千山万水，只是一念之间。

二

779 年 2 月，元稹出生于东都洛阳，父亲名叫元宽，是北魏宗室鲜卑族拓跋部后裔，祖上久居洛阳，世代为官。

786 年，父亲去世后，家道中落，元稹和母亲相依为命。

793 年，元稹俨然已是风度翩翩的英俊少年。为尽快摆脱贫困，他赴京赶考，参加朝廷举办的"礼记、尚书"考试，以明经擢第。不过，明经及第后，元稹一直没有一官半职，闲居长安。

799 年，元稹辗转来到河东蒲州（今山西运城），在河中府谋得一份差事。也正是在这时，他遇到了他的初恋。

多年后，他写了一篇传奇故事《莺莺传》，讲述贫寒书生张生和大家闺秀崔莺莺的爱情悲剧。如果这是元稹的自传，我们不妨将他的初恋称为崔莺莺。

元稹和崔莺莺的故事，开始于一场兵乱。

当时的蒲州，时有兵匪发动骚乱，到处抢劫百姓钱粮。正当兵匪抢劫崔家时，元稹出手相助，及时制止。崔家很感激元稹，设宴款待元稹。正是在这场答谢宴中，元稹惊喜地发现，崔家有个女儿，小名莺莺，花容月貌，尚待字闺中。

"窈窕淑女，君子好逑。"当粉颈低垂、两靥含羞的崔莺莺向元稹点头道谢时，元稹那颗青春萌动的心顿时按捺不住了。他在心底惊呼，他无数次在梦中想象的娇妻，不正是崔莺莺这般模样吗？

不过，元稹知道，崔父、崔母虽然感激他出手相救，但崔家是世家大族，他只是一介书生。门不当，户不对，他娶不起崔莺莺。

然而，他从崔莺莺看他时那含情脉脉的眼神中，隐隐感受到了她对他的好感。

郎有情，妾有意，再加上有婢女红娘从中牵线搭桥，过不了多久，两人终于花好月圆。元稹曾写诗云："待月西厢下，迎风户半开。拂墙花影动，疑是玉人来。"就这样，他们迅速陷入热恋，如胶似漆，难解难分。

不过，元稹明白，要想迎娶崔莺莺，总要出人头地才好。于是，他决定再次赴京赶考。

对热恋中的人来说，一日不见，如隔三秋，更何况这样长久的分别？元稹离开蒲州那天，崔莺莺含泪相送。元稹依依不舍地看着崔莺莺，答应她，一定会带着凤冠霞帔来娶她，一定要给她一个风光无限的婚礼。

三

然而，崔莺莺等来的不是凤冠霞帔，而是一封绝情信。我们不知道元稹在信里写了啥，但无非就是三个字——对不起。

爱情就是这样，来的时候气势汹汹，说再多"我爱你"，也不足以表达浓情蜜意；走的时候云淡风轻，一句"对不起"，就足以抹杀曾经的所有山盟海誓。看来再多的"我爱你"，也敌不过一句"对不起"。

很多年后，元稹创作《莺莺传》。在《莺莺传》里，故事结局是张生抛弃莺莺一年多后，莺莺另嫁，张生另娶。一次，张生路过莺莺家门前，想以表兄身份与她相见，莺莺断然拒绝。数日后，张生离去，莺莺回诗决绝。

我想元稹应该是带着忏悔的心情写《莺莺传》的。我欣赏莺莺的"不见"，既然男方已经负心，既然爱情已遭践踏，他还有何资格要求相见？爱人，姿态很重要。乞来的爱，还是爱吗？当爱情已经远去，至少我们还有尊严。

元稹之所以抛弃崔莺莺，是因为他在长安有了"新欢"——一个名叫韦丛的官家女子。韦丛的父亲韦夏卿，对他的前程而言举足轻重。

韦夏卿出生于 742 年，京兆万年（今陕西西安）人，先后担任刑部员外郎、京兆尹、太子少保等官职，为人豁达，唯才是举，是唐代著名藏书家。他和孟郊是好友，孟郊曾为他的藏书题诗一首，诗名是《题韦少保静恭宅藏书洞》，其藏书之多、藏书之精，令人叹为观止。

802 年，元稹第二次参加贡举，名列"书判拔萃科"第四等，得以进入秘书省任校书郎。

巧的是，比元稹年长 8 岁的白居易，与之同登"书判拔萃科"。从此，二人成为生死不渝的好友。

很快，元稹潇洒的谈吐、不俗的文采，引起了京兆尹韦夏卿的注意。韦夏卿本就热心提携青年才俊，便邀请元稹到他府上做客。一来二去，元稹成了韦家的常客。

或许，元稹本来是打算到河东蒲州迎娶崔莺莺的，但当他得知韦夏卿的爱女韦丛尚待字闺中时，心底便起了波澜。

韦丛出生于 783 年，是韦夏卿最小的女儿，生母是唐代宰相裴耀卿的孙女裴氏。韦夏卿和裴氏夫妻恩爱，感情甚好，只可惜裴氏生下韦丛不到一个月就病逝了。韦夏卿很悲痛，从此就将对亡妻的思念转化为对韦丛的疼惜，对她格外宠爱。在父亲和庶母段氏的精心抚养下，韦丛出落为亭亭玉立的大家闺秀。

韦夏卿想为韦丛挑选一个十全十美的如意郎君，但一直没有遇见合适人选，不知不觉间，韦丛的婚事被耽搁了下来。这一年，韦丛已经 19 岁了，在唐代算是大龄姑娘。

随着元稹频繁出入韦家，韦夏卿突然发现，风度翩翩、才华横溢的元稹，今后必成大器，不正是韦丛值得托付终身的良人吗？

于是，802 年，由韦夏卿做主，元稹顺利迎娶了韦丛。当然，在迎娶韦丛之前，元稹给远在河东蒲州的崔莺莺写了一封绝情信，让崔莺莺忘了他。或许，元稹写这封绝情信时，内心也是不忍的，但他太清楚韦家对他意味着什么了。

他自幼丧父，和母亲相依为命，那种势单力薄、世态炎凉的滋味，不堪回首，他再也不想尝第二次了。眼下如果他娶了韦丛，成为韦夏卿的贤婿，那么一切都不一样了。

于是，在爱情和前途面前，元稹最终选择了前途。

四

婚后，让元稹大为惊喜的是，韦丛和他想象中的官家千金完全不同。她身上没有丝毫娇蛮之气，对他温柔体贴，让他如沐春风。

803 年 10 月，韦夏卿不再担任京兆尹，改任东都洛阳留守，要赴洛阳上任。韦夏卿宠爱韦丛，割舍不下爱女，于是，元稹和韦丛一同跟随韦夏卿赴洛阳，住在洛阳履信坊的韦宅。

804 年初，元稹返回长安，从他这一时期的诗文看，韦丛则久居洛阳。元稹在长安任职，一有空就回洛阳陪伴家人，频繁往返于长安和洛阳之间。

韦丛婚后很快就有了身孕。804 年 9 月，当韦丛在洛阳陪伴父母、抚育孩子时，元稹将他和崔莺莺的故事写成了《莺莺传》。当然，他在书中隐去了自己，将男主人公取名为张生。

写完《莺莺传》后，元稹还将这个故事讲给友人李绅听。李绅有感而发，谱了一曲《莺莺歌》，在长安、洛阳广为流传。

我们无法判断韦丛是否知道元稹写了《莺莺传》，也无法判断韦丛是否知道元稹就是《莺莺传》中的张生，或许对此时的韦丛来说，元稹是不是张生，元稹是否和莺莺有这样一段刻骨铭心的爱情，都已不再重要。重要的是，他是她的丈夫，是她的孩子的父亲。从嫁给他的那天起，她就只想做一个贤良淑德的好妻子，陪他共度此生。

她是这样想的，也是这样做的。白居易曾如此评价韦丛："今夫人女美如此，妇德又如此，母仪又如此，三者俱美，可谓冠古今矣。"

五

806 年 4 月，元稹参加"才识兼茂明于体用科"考试，登第者十八人，元稹名列第一，授左拾遗，职位为从八品。

或许，元稹的才华被压抑太久，他一到新岗位，就接二连三上疏献表。先论"教本"（重视给皇子选择保傅），再论"谏职"（谏官之职责）、"迁庙"（迁移新崩天子神主入祀太庙），一直论到西北边事这样的大政，并旗帜鲜明地支持监察御史裴度对朝中权幸的抨击，从而引起了唐宪宗的注意，很快受到召见。

元稹以为会受到圣上鼓励，然而，因为锋芒太露，触犯权贵，反而引起了群臣的不满。同年 9 月，元稹就被贬为河南县尉。

命运似乎存心考验元稹、韦丛夫妇，这一年，韦丛的父亲、元稹的母亲相继去世。元稹和韦丛悲痛不已，在家守孝三年。这三年，元稹和韦丛的生活十分拮据。

寒冷的冬夜，元稹伏案写稿，瑟瑟发抖，韦丛将衣柜里所有能御寒的衣服都找了出来，披在他身上。

元稹写诗时喜欢喝点小酒，但手头紧张，只好作罢。不料，韦丛却像变戏法般将一坛美酒放在了他面前。他正想问她美酒从何而来时，一眼看到她头上的金钗不见了，他什么都明白了。

最窘迫时，元稹和韦丛还吃过野菜，但韦丛从不抱怨，心甘情愿地和他一起慢慢品尝野菜的滋味……

看着从小娇生惯养的妻子陪自己过这样家徒四壁的苦日子，不知元稹心里会是怎样的滋味。

我想，任何一个有上进心的男人，此刻都会发誓，一定要奋发图强，让妻儿过上好日子。

机会青睐有准备的人。809年，元稹终于被提拔为监察御史。这年春天，他奉命出使剑南东川，大胆劾奏不法官吏，平反冤假错案。

让他万万想不到的事发生了！这年7月9日，韦丛分娩时大出血，不幸身亡。

噩耗传来时，元稹正在蜀地，怀中搂着另一个女子。

六

明明知道韦丛要分娩，元稹为何不回家陪在她身边？与其说是公务繁忙，不如说是元稹在蜀地有了牵绊。这个"牵绊"就是蜀中四大才女之一薛涛。

薛涛出生于768年，父亲薛郧在长安当官，学识渊博，将薛涛视为掌上明珠，从小就教她读书、写诗。

薛涛8岁那年，薛郧在庭中梧桐树下歇凉，微风吹过，他朗声吟道："庭除一古桐，耸干入云中。"不料，薛涛头都没抬，就续上了父亲的诗："枝迎南北鸟，叶送往来风。"薛郧听了，不由得又喜又忧。一个女子说"枝迎南北鸟"，并不是什么好兆头。

后来，薛郧得罪了当朝权贵，被贬谪到蜀地。没过几年，他又因为出使南诏而沾染瘴疠，不治而亡。那一年，薛涛年仅14岁。

父亲去世后，母女俩相依为命。为摆脱生活的困境，16岁那年，薛涛凭借"容姿既丽"和"通音律，善辩慧，工诗赋"，加入乐籍。

大唐的官员往往都是科举出身，要让他们看得上眼，不仅需要有美貌，更需要有才艺、辞令和见识，而这正是薛涛的长项。很快，薛涛就认识了她生命中的贵人——唐朝中期名臣韦皋。

韦皋出生于 745 年，比薛涛年长 23 岁。785 年，韦皋出任剑南西川节度使。在一次酒宴中，韦皋让薛涛即席赋诗，薛涛从容写就《谒巫山庙》。韦皋看罢，不禁拍案叫绝。从此，韦府中每有盛宴，必定少不了薛涛，薛涛成了韦皋身边的红人。

渐渐地，韦皋还让薛涛参与案牍工作。薛涛写的公文，不但细致周密，而且富于文采。韦皋连连感叹薛涛是奇才，拟奏请唐德宗授薛涛以秘书省校书郎官衔。

"校书郎"的主要工作是公文撰写和典校藏书。按规定，只有进士出身的人才有资格担当此职，历史上还从来没有女子担任过"校书郎"。虽然薛涛最终未能如愿，但从此有了"女校书"的美誉。

对薛涛来说，韦皋是值得托付终身之人，但因为种种原因，韦皋并未纳她为妾。她并不在乎名分，只要能留在他身边，便是岁月静好。

这样的岁月静好，随着 805 年韦皋去世而结束了，薛涛再次孑然一身。她以为这辈子再也不会遇到一个像韦皋这样真心疼她的人，不料四年后，她遇到了监察御史元稹。

七

809 年 3 月，元稹奉命出使蜀地。他久闻薛涛才名，特地约她相见。不料这次相见让元稹和薛涛双双坠入爱河，不可自拔。

元稹俊朗的外表、出众的才情，就像一个巨大的吸铁石，让薛涛难以抗拒，她只觉得沉寂了四年的心湖，忽然起了阵阵涟漪。

薛涛虽然已四十出头，但因为天生丽质且保养得宜，看上去竟像二十出头，且集青春少女的灵动和成熟女子的风韵于一身，不由得让元稹怦然心动。

两人嘴上不说，但他们的眼神早已出卖了心中的汹涌澎湃。

分别后，薛涛辗转难眠，提笔写下了一首《池上双鸟》："双栖绿池上，朝暮共飞还。更忙将趋日，同心莲叶间。"

几天后，当元稹看到这首《池上双鸟》时，心中最后的防线也轰然坍塌，他顾不得自己监察御史的身份，顾不得家中有即将分娩的妻子，顾不得妻子这些年来为他付出的一切，一头扎进了薛涛为他搭建的"爱巢"。他俩如干柴遇到烈火，迅速陷入了热恋。

从此，他俩流连在锦江边上，相伴于蜀山青川，有谈不完的诗词，说不完的爱情。她为他磨墨捧砚，他看她写诗作画。他俩在一起时，似乎连空气中都弥漫着浓得化不开的幸福味道。

在元稹心里，薛涛是他心头的朱砂痣，而韦丛似乎成了衣襟上的一粒饭粒子。

直到韦丛难产而亡，元稹才被狠狠扇了一个耳光，才从爱情的迷幻跌回清醒的人间。

他如五雷轰顶般怔在原地，大脑一片空白。许久之后，他才意识到，这几个月来，他过着多么荒唐的日子！他的妻子在为他生儿育女，他怀中却搂着另一个女子。

当身边同僚安慰他"人死不能复生，大人节哀顺变"时，只有他自己知道，真正的"刽子手"是他、是他、是他！

八

对古代女子来说，每一次分娩，都像过一次鬼门关。不知韦丛是否知道元稹在蜀地有了新欢，不知韦丛是否写信让元稹在她临产时回来陪她，但可以确定的是，韦丛在死亡线上苦苦挣扎、艰难求生时，一定特别渴望元稹能陪在她身边，握住她的手，陪她挺过生命中最艰难的一刻。

然而，元稹始终没有出现，韦丛渐渐睁大了双眼，带着深深的失望，停止了呼吸，再也没有醒来……

韦丛入殓时，元稹依然在蜀地，他的理由是，公务繁忙，无法脱身。这样的理由，老天会相信吗？恐怕连他自己也不会相信吧。我倒是觉得，元稹是不敢面对亡妻的灵柩。如果韦丛生前会被他蒙骗，那么当她魂归西天后，还会再被他蒙骗吗？

正是在极度愧疚和忏悔中，元稹在蜀地写下了五首悼亡诗。其中，最有名的莫过于第四首："曾经沧海难为水，除却巫山不是云。取次花丛懒回顾，半缘修道半缘君。"

据说，古往今来的悼亡诗中，只有苏轼悼念亡妻的"十年生死两茫茫"可以和元稹的"曾经沧海难为水"比肩。但不知为何，读苏轼的"十年生死两茫茫"，我读出了情深义重；读元稹的"曾经沧海难为水"，却有些腻味。

说什么"经历过沧海之水的波澜壮阔，就不会再被别处的水所吸引"，说什么"陶醉过巫山的云雨梦幻，别处的风景就不被称为云雨了"，说什么"虽常在花丛里穿行，我却没有心思欣赏花朵"，说什么"一半是因为我已经修道，一半是因为心里只有你"，其实元稹心里到底是怎么想的，只有他自己知道罢了。

九

当元稹彻底失去韦丛时，他才真正发现，结婚七年来，一直是她在为他付出。而他呢？似乎心安理得地享受了她付出的一切。她到底快不快乐？他摇了摇头，其实他并不知道。

或许冥冥之中自有天意，韦丛去世不久，元稹和薛涛的爱情也面临着巨大的挑战。这个挑战，来自突如其来的分离。

元稹一边和薛涛花前月下，一边不忘工作。经过明察暗访，他发现刚刚病故的东川节度使严砺，在位时非常贪婪残暴，百姓不堪其苦。元稹冒着得罪权贵的危险弹劾了严砺及其党羽。

果然，严砺的党羽马上找到朝廷中的后台，不久，朝廷下令让元稹从蜀地回洛阳御史台工作。显然，严砺的党羽成功将元稹赶出了蜀地。

对薛涛来说，她并不在乎元稹的职务变迁，她在乎的是能否和元稹朝朝暮暮。如今，元稹要赴洛阳任职，这意味着两人将远隔千里。

一日不见，如隔三秋，更何况那么强烈地爱着元稹的薛涛？分别之际，薛涛泪眼迷离，黯然神伤，却又无可奈何。

我们已经无法考证，元稹为何不娶薛涛为妻？如果因为薛涛曾经入了乐籍而不配成为官家夫人，但纳妾总是可以的吧？然而，事实是元稹也没有纳她为妾，而是将她留在蜀地，独自回了洛阳。

让薛涛欣慰的是，不久，她收到了元稹的来信。信中是他写给她的一首诗，题目是《寄赠薛涛》，其中最后一句是"别后相思隔烟水，菖蒲花发五云高"。据说，菖蒲花不容易开，开则预示祥瑞。元稹用"菖蒲花"暗喻薛涛，所谓"菖蒲花发"，表面意思是他曾见过这种不易开的花，实际是说他与薛涛曾有亲密交往。聪慧如薛涛，自然读懂了元稹话里话外的意思，一颗心似乎飞到了千里之外。

和元稹分居两地的日子，薛涛迷上了写诗的信笺。她喜欢写四言绝句，律诗也常常只写八句，因此经常嫌平时写诗的纸幅太大。

于是，她将纸染成桃红色，小心翼翼地裁成精巧的窄笺，特别适合书写情诗，人称"薛涛笺"。

然而，再深的感情，也敌不过时间和距离。当薛涛将一首首饱含滚烫爱意的情诗寄给元稹时，元稹起初还回信，后来渐渐少了下来，薛涛怎能不明白？她的心，一点一点灰了下去。

终于，当810年春天来临时，薛涛将所有幽怨和渴盼汇聚成四首五言古体诗《春望词》。其中，第四首是这样写的："那堪花满枝，翻作两相思。玉箸垂朝镜，春风知不知。"

和之前所有写给元稹的诗不同，这四首诗，她只写给自己，再也不会寄给元稹了。

她累了，她厌倦了世间的繁华与喧嚣，她决定结束这无望的等待。

她脱下了极为喜爱的红裙，换上了一袭灰色的道袍，在碧鸡坊（今成都金丝街附近）筑起了一座吟诗楼，独自度过余生。

十

元稹似乎是一个矛盾的人。韦丛在世时，他和薛涛不顾一切，爱得疯狂；韦丛去世后，他虽然还爱薛涛，但内心备受谴责。他明白，是他和薛涛将韦丛一步步推向了死亡的深渊。午夜梦回，他无法原谅自己。或许，这也是他不和薛涛在一起的原因之一。

韦丛入土为安后，元稹请好友韩愈为韦丛写《监察御史元君妻京兆韦氏夫人墓志铭》。文中明确了韦丛的去世时间和下葬时间——"年二十七，以元和四年七月九日卒。卒三月，得其年之十月十三日葬咸阳"。

在洛阳御史台任职期间，元稹时常会想起韦丛生前为他付出的一切，内疚和悔恨之情排山倒海般涌上心头，他写下了怀念韦丛的《遣悲怀三首》。在诗中，他追忆往日的艰苦处境和韦丛对他的体贴关怀，慨叹人生苦短，一死便成永别，表达他对韦丛共贫贱而未能共富贵的深深遗憾。一句"诚知此恨人人有，贫贱夫妻百事哀"，应当是他真实的心境。

不过，无论他对韦丛多么愧疚，他都不会为韦丛单身。不久，他就娶一位姓裴的女子为妻。在唐代，裴氏是世家大族，这位裴姓女子想必出身高贵。

后来，他因得罪宦官仇士良、刘士元等人，被唐宪宗以"元稹轻树威，失宪臣体"为由，贬为江陵府士曹参军。在江陵府任职期间，裴氏不在身边，元稹在当地纳妾。不过，无论是裴氏，还是小妾，似乎都没有激起元稹心中太多波澜。

关于元稹和裴氏的故事，史书并无多少记载，只知道裴氏为元稹生了一子三女，儿子取名道护，女儿分别取名小迎、道卫、道扶。

十一

从810年至818年，元稹仕途不顺。被贬通州时，他患上疟疾，险些危及生命。不过，也正是在通州，他完成了最具影响力的乐府诗歌《连昌宫词》。

819年，唐宪宗召元稹回京，授膳部员外郎。宰相令狐楚对元稹的诗文很赞赏，"以为今代之鲍、谢也"。

820年，唐穆宗即位。唐穆宗早在当太子时就很喜爱元稹的诗歌，因此特别器重他。数月后，元稹被提拔为中书舍人、翰林承旨学士，与已在翰林院的李德裕、李绅俱以学识才艺闻名，时称"三俊"。

在迅速升迁的同时，元稹也陷入了尖锐复杂的政治斗争。几经周折，823 年，元稹被调任浙东观察使兼越州刺史。

元稹以为这只是他无数次职务变迁中的寻常一次，万万没有料到，在越州，他将遇到另一个让他心动的女子——江南歌女刘采春。和前几次一样，他又伤了刘采春的心。

十二

如果时光可以倒流，刘采春一定希望从未认识元稹。

关于刘采春的籍贯，一说越州（今浙江绍兴）人氏，一说淮甸（今江苏淮安）人氏，无论哪个说法，都是吴越一带。刘采春家境贫寒，小小年纪就加入戏班。或许是老天爷赏饭吃，她出落得不仅容貌艳丽，且歌喉清亮，宛如夜莺，让人过耳难忘。

成年后，她嫁给同在戏班的周季崇。周季崇和其兄长周季南都是有名的伶人，擅长参军戏。参军戏是唐代盛行的一种滑稽戏，有点类似于今天的相声。一开始，主要是兄弟二人演出，一个逗哏，一个捧哏，滑稽诙谐。后来，刘采春也参与其中。她的声音柔美动听，只要她的歌声响起，"闺妇、行人莫不涟泣"。于是，刘采春、周季崇、周季南三人组成家庭戏班，辗转各地演出，渐渐声名鹊起，传遍大江南北。

823 年，元稹任浙东观察使兼越州刺史不久，刘采春一家人从淮甸来到越州演出。几场演出下来，越州城已是万人空巷。

当时，刘采春的名声，元稹早已耳闻，不由得对她有了几分好奇。终于，在一次演出中，元稹近距离见到了刘采春。刹那间，他仿佛见到了当年的薛涛和崔莺莺，不，比薛涛更明艳，比崔莺莺更甜美，比韦丛更柔情似水！

这一年，元稹 44 岁，家有贤妻美妾，但这不妨碍他大胆追求刘采春。

看完刘采春的表演后，元稹立刻成为她的忠实观众，他毫不掩饰自己对刘采春的一见倾心，夸赞刘采春"诗才虽不如涛，但容貌佚丽，非涛所能比也"。

当年，元稹和薛涛热恋时，为薛涛写了无数情诗，比如《寄赠薛涛》。如今，他疯狂爱上了刘采春，极尽捧角之能事，为她写《赠刘采春》，在诗中毫无顾忌地表达对她的爱慕之情。他这样描写刘采春："新妆巧样画双蛾，谩里常州透额罗。正面偷匀光滑笏，缓行轻踏破纹波。言辞雅措风流足，举止低回秀娟多。更有恼人肠断处，选词能唱望夫歌。"

刘采春不仅年轻貌美，而且有一样是崔莺莺、薛涛、韦丛绝对没有的，那就是她曼妙多情的歌声。她一开口唱歌，元稹只觉得整颗心都被她吸走了，这不是"摄人心魄"是什么？这样的人间尤物，他怎能不收入囊中？

都说"戏子无情"，其实他们不是真的无情，而是见多了风花雪月，看惯了逢场作戏，太明白"爱情"是世间最靠不住的东西。打小就在戏班子里长大的刘采春，怎会不知道这个道理？然而，面对一表人才、风流倜傥的元稹的"狂轰滥炸"，刘采春再冷静，再理智，终究也只能缴械投降。

或许，当刘采春第一次委身元稹怀中时，她内心是有挣扎的。她想到了和她青梅竹马一起长大的丈夫，想到了他俩聪明伶俐的女儿，但是只怪元稹太有魅力，她心中那个爱的天平，最终倾向了元稹，且心甘情愿。

唐代范摅写有一本题为《云溪友议》的笔记小说，书中对元稹和刘采春的这段情事记载如下："有俳优周季南、季崇，及妻刘采春，自淮甸而来，善弄陆参军，歌声彻云。篇咏虽不及（薛）涛，而华容莫之比也。"

元稹留滞越州七年，两人在一起的时间长达七年之久。

有一次，元稹酒兴大发，写了一首题为《醉题东武》的诗："役役行人事，纷纷碎簿书。功夫两衙尽，留滞七年余。病痛梅天发，亲情海岸疏。因循未归得，不是忆鲈鱼。"

一个名叫卢简求的同僚看到这首诗，和元稹开玩笑道："大人不为鲈鱼，为好镜湖春色耳！"可见元稹和刘采春的风流佳话，当时人尽皆知。

元稹虽然高调追求刘采春，但并没有给她任何名分，她连小妾也不是，用今天的话说，只是包养了她。因为刘采春和薛涛一样，身份低贱，和元稹门不当、户不对。

十三

829年9月，元稹如愿结束了在越州为官的日子，入朝担任尚书左丞。

对元稹来说，虽然每一段爱情的开始各有不同，但每一段爱情的结束都出奇地相似。从崔莺莺到薛涛，从薛涛到刘采春，最后都是无疾而终，成了"无言的结局"。

在感情中，男人往往容易抽离，尤其是像元稹这样"万花丛中过，片叶不沾身"的男人，却苦了深陷情网的女子。

元稹离开越州后，没有人知道刘采春去了哪里，她彻底遁出了人们的视线。

或许，无数个辗转难眠的夜晚，她有过一死百了的想法。或许，她想起了曾经和丈夫辗转各地演出时的情景，虽然日子辛苦，但相濡以沫，其乐融融。她想回到过去，可是她明白，她再也回不去了。

古往今来，深陷情网的女子，她不是第一个，也不是最后一个，她在心底深深叹息。她以为自己在舞台上摸爬滚打，早已阅人无数，但到头来，还是为情所困，为爱所伤，仿佛飞蛾扑火，自毁前程。

她就那样消失了。也许，她起了遁世之心，看破红尘，去了一个不为人知的偏僻之地，过起了隐居生活。这既是对自己的惩罚，也是对世俗的妥协。

有人说，刘采春很像 20 世纪 80 年代的邓丽君，两人的歌声都是那样婉转多情。当刘采春唱《望夫歌》时，好比邓丽君唱《何日君再来》。"好花不常开，好景不常在。愁堆解笑眉，泪洒相思带。今宵离别后，何日君再来。"从邓丽君甜美又凄切的歌声中，我们或许能想象出几分刘采春那哀怨的悲歌。

一歌成谶。刘采春的《望夫歌》，感动过很多独守空闺的女子，却抚慰不了自己伤痕累累的心。

十四

831 年 7 月，元稹突发疾病，不治而亡。

在生命的最后时刻，他是否会——想起崔莺莺、韦丛、薛涛、刘采春？这一生，他貌似谈了好多恋爱，其实他一直都在和自己恋爱。他真正爱的人，只有他自己。崔莺莺、韦丛、薛涛、刘采春，都只是他生命中的过客，匆匆而来，匆匆而去。当激情过去，他挥一挥衣袖，不带走一片云彩。因为他深信，以他的风流俊雅，一定会有更美好的女子在下一个路口等着他。

对女人来说，爱上这样的男人，是幸还是不幸？如果爱和尊严可以兼而有之，当然是人间幸事。如果爱和尊严不能同时获得，那么该何去何从?

选择无疑是艰难的,但有一点是肯定的,那就是——没有尊严
的爱,岂能天长地久?

三、明清风姿

"四美吟"之一：柳如是

一

1644年，农历甲申年。

这一年，是明思宗崇祯十七年，是清世祖顺治元年，是大顺朝永昌元年（李自成），也是大西朝大顺元年（张献忠）。

这一年，大明、大清、大顺、大西等四个政权在中国土地上轮番展开争夺……

在这样的山河破碎、风雨飘摇中，从南京秦淮河畔，走来四位才貌双全的奇女子，她们分别是出生于1618年的江苏吴江人柳如是，她的名字出自"我见青山多妩媚，料青山见我应如是"；出生于1623年的江苏常州人陈圆圆。她的美艳被明末清初的诗人吴梅村写成了"恸哭六军俱缟素，冲冠一怒为红颜"；出生于1624年的江苏苏州人李香君，她的故事被孔子第六十四代孙孔尚任写成《桃花扇》，可叹"白骨青灰长艾萧，桃花扇底送南朝"；出生于1624年的江苏苏州人董小宛。她常被后人混淆为顺治皇帝的宠妃董鄂妃，其实她比董鄂妃大15岁，并非一人。

零落山河颠倒树，不成文章更伤心。身逢乱世，她们注定无法逃脱明清易代带给每个人的多舛命运。

二

先说柳如是。

"气节"二字，是柳如是一生的写照。

1618年，柳如是出生在江苏吴江的一个贫寒人家，本名杨爱。这一年，是明万历四十六年，努尔哈赤正对大明江山虎视眈眈。

1628年，由于家贫，10岁的杨爱被卖给盛泽名妓徐佛当养女。在徐佛的调教下，天资聪颖的她出落得娇媚，在音律、绘画、书法、诗词等方面颇有天赋。

1632年，14岁的她被年逾花甲的大学士周道登买走，成为侍妾。周道登是宋朝理学鼻祖周敦颐的后代，在崇祯朝任内阁首辅、上书房总师傅。周道登对她宠爱有加，常把她抱于膝上，教她读诗学文。

可以说，她在明清易代时爆发出的家国情怀和民族气节，与周道登的熏陶息息相关。可惜，不及一年，周道登病逝。她被迫下堂而去，重操青楼旧业。

她喜欢辛弃疾的《贺新郎》中的"我见青山多妩媚，料青山见我应如是"，于是自号"如是"。

美艳绝代、才气过人的柳如是，很快名扬秦淮。

三

许多名士向她求婚，但她都不为所动。能让她心动的男人，需满足两个条件，一是才华，二是气节。

先后有两个男人走进了她的内心。一是在抗清起义中不幸战败而死的陈子龙，二是东林党领袖、明朝礼部侍郎、大学者钱谦益。

1634 年，16 岁的柳如是遇见了陈子龙。陈子龙比柳如是年长10 岁，写得一手好诗词，被誉为"明代第一词人"。这对才子佳人一见钟情，情深意笃。他们赋诗作对，互相唱和。可惜好景不长，陈子龙的原配张氏出面干涉，柳如是不甘受辱，悲切离去。

1637 年，陈子龙考中进士，于 1640 年出任浙江绍兴府司理。明朝灭亡后，他一路追随南明弘光朝廷，担任兵科给事中，继续为南明效力。

清兵陷南京，他和太湖民众开展抗清活动，事败后被捕，于1647 年投水殉国。

陈子龙虽然只是柳如是生命中的短暂过客，但他的反清复明之气节，对柳如是的影响是巨大的。

四

心怀天下的柳如是，常常一身兰缎儒衫，青巾束发，打扮成书生模样，与复社、几社、东林党人纵谈时势、和诗唱歌。

1638 年，20 岁的柳如是结识了 56 岁的东林党领袖、礼部侍郎、大学者钱谦益。三年后，嫁入钱家。

柳如是为何愿意嫁给大自己 36 岁的钱谦益？她一定有多方面考虑，可以肯定的是，钱谦益的才华和气节，必定是吸引她的。

婚后，他们有过一段幸福的时光。他们读书论诗，踏雪赏梅，寒舟垂钓，携手游览名山秀水。柳如是问钱谦益爱她什么，钱谦益说："我爱你白的面、黑的发啊！"言外之意是无一处不爱她。然后，钱谦益反问柳如是。柳如是想了想，娇嗔地说："我爱你白的发、黑的面啊!"

但这样的幸福也是短暂的。1644年,崇祯帝自缢,清军占领北京。马士英、阮大铖在南京拥立福王,建成弘光小朝廷。柳如是鼓励钱谦益为南明朝廷效力,钱谦益担任礼部尚书。

不久,清军南下。兵临城下时,柳如是明白他们已走投无路。生死存亡之际,她劝钱谦益与其一起投水殉国。钱谦益沉思无语,走下水池,试了一下水,说:"水太冷,不能下。"

当初,她爱他,是爱他的才华和气节。如今,他晚节不保,爱又何在?柳如是悲愤交加,"奋身欲沉池水中",被钱谦益硬生生拖住了。

后来,钱谦益腼颜降清,担任清朝的礼部侍郎兼翰林学士。柳如是坚持留在南京,不和钱谦益"同流合污"。清代袁枚感叹道:"伪名儒,不如真名妓。"就气节而言,钱谦益是"伪名儒",而柳如是"真名妓"。

五

半年后,钱谦益痛定思痛,深感自己无颜面对世人,称病辞归。

看着从风尘仆仆回家的钱谦益,柳如是深深地舒了一口气,迷途知返,为时不晚。

1647年,钱谦益因黄毓祺反清案被捕入狱。柳如是四处奔走,救出了钱谦益,并希望他与尚在抵抗的郑成功、张煌言、魏耕等抗清义军联系。从此,钱谦益和柳如是一直与反清势力保持联系。钱谦益的晚年之作,也多抒发反对清朝、恢复故国的心愿。

1664年,康熙三年,钱谦益去世。柳如是也用缕帛结梁自尽。这一年,她46岁。

六

一代才女柳如是与江南文宗钱谦益之间白发红颜的爱情故事、风雨家国的乱世遭遇，引起了一代史学大师陈寅恪先生的关注。

从 1953 年到 1964 年，在双目已盲、双腿又断、缠绵病榻等极端困难的情况下，一生追求"独立之精神、自由之思想"的陈先生，坚持以耳代目，以口代笔，由助手黄萱笔录。这一写，就是十年。这一写，就是皇皇八十万字。

《柳如是别传》写成之日，距离柳如是离开人间，刚好 300 年。

很多人不理解，堂堂史学大师为何要花十年时间为一个明末清初的小女子立传？包括大学者钱钟书也颇不认同，认为陈寅恪没必要为柳如是写那么大的书。但目盲体衰的陈先生坚持了十年，且常常为柳如是"感泣不能自已"。他不惜投入如此笔墨，只为"推寻衰柳枯兰意，刻画残山剩水痕"。

"欲将心事寄闲言"的陈先生，借助《柳如是别传》真正想要表达的是以气节为核心的生死观。他将柳如是当作理想化的人格标本，追寻那种可贵精神。

在这一点上，柳如是的确当之无愧。

开辟鸿蒙，谁为情种?

一

台风天气，雨淅淅沥沥地下着，有一搭，没一搭。安静的夜晚，我坐在窗前，桌上放着纳兰容若的《饮水词》。

"山一程，水一程，身向榆关那畔行，夜深千帐灯。风一更，雪一更，聒碎乡心梦不成，故园无此声。"

时光穿越了 300 多年，纳兰的词，却依然活在人间。他若泉下有知，当足以慰怀。

二

1676 年，22 岁的纳兰容若参加进士考试，以优异成绩考中二甲第七名，被赐进士出身，授予三等侍卫的官职。

或许是英雄惜英雄，比纳兰容若年长一岁的康熙，十分欣赏纳兰容若的才华，让他主持编纂《通志堂经解》，颇为满意。

没过多久，纳兰容若就成为康熙身边的御前侍卫，随康熙南巡北狩，游历四方。

纳兰容若是文武兼备的青年才俊，是帝王器重的随身近臣，是前途无量的达官显贵，让世人羡慕不已。

这首《长相思》写于1682年2月。当时，28岁的纳兰随康熙出山海关祭告奉天祖陵。塞上风雪凄迷，苦寒的天气引发了纳兰对位于北京什刹海后海的家的思念，于是他提笔写下了这首词。

28岁，正是一个人一生中最好的年华，本当意气风发、志在四方，但读他的《长相思》，他似有万般愁绪郁结心头，让人忍不住一声叹息。

这一声叹息，要从纳兰的家世说起。1655年，纳兰容若出生在一个显赫的家族，隶属正黄旗，为清初满族最显的八大姓之一，即后世所称的"叶赫那拉氏"。纳兰容若的父亲纳兰明珠，是康熙朝武英殿大学士，一代权臣。母亲爱新觉罗氏是英亲王阿济格第五女，一品诰命夫人。作为当朝重臣纳兰明珠的长子，纳兰容若一出生就注定拥有享不完的荣华富贵。

然而，有些人，似乎是为了到红尘中来还清情债的。即使身处钟鸣鼎食、繁花着锦之家，他依然为情所伤、郁郁寡欢。他渴望的生活，是和心上人依偎在小轩窗下，相看两不厌，唯有敬亭山；是纵有弱水三千，他只取一瓢饮。

纳兰容若，就是这样一位重情重义的翩翩佳公子。

三

如果相信各种版本的传记中所讲述的纳兰容若的爱情故事是真的，那么他一生中拥有过三段爱情——青梅竹马的表妹、举案齐眉的妻子和相见恨晚的红颜知己。但命运弄人，表妹因父母反对而不能相守，爱妻婚后三年难产而亡，红颜知己因当时的满汉之界而无法明媒正娶，空余刻骨的相思……向来缘浅，奈何情深。

纳兰容若的爱而不能得、爱而不能守，都付诸《饮水词》。他"如鱼饮水，冷暖自知"的心事，究竟又有几人能懂？词中那刻骨铭心的爱恨情愁，恐怕连他的父母都无法理解。他享尽了世人眼中的荣华富贵，但内心深处，却很少有过真正的快乐。

"执子之手，与之偕老"的爱情，终究没有发生在他身上。

情深不寿，慧极必伤。1685 年，正当大好年华的他，却走到了生命的尽头，年仅 31 岁。他的一生，烙满了爱的伤痕，斑斑驳驳。

看纳兰容若的传记，读纳兰容若的词，心情总是有些沉重。尤其是看钟汉良在《康熙秘史》中演绎的纳兰容若，眼里尽是苍凉和失意。在他身后 300 多年，我们依然活在他的为情所伤中。

四

深情的纳兰容若，让我想到了曹雪芹笔下的贾宝玉。曾经一直觉得贾宝玉是古今第一情种，如今觉得纳兰容若更让人黯然神伤。

曹雪芹在《红楼梦》的《引子》中写道："开辟鸿蒙，谁为情种？都只为风月情浓。趁着这奈何天，伤怀日，寂寥时，试遣愚衷。"整本《红楼梦》，其实都围绕着一个"情"字。

《红楼梦》第五回中，掌管情天恨海的警幻仙姑，称贾宝玉是"天下古今第一淫人"。宝玉听吓一大跳。仙姑解释说："你天分中自然生成一段痴情，吾辈推之为意淫。意淫二字，可心领而不可口传，可神会而不可语达。"此"意淫"绝非世俗眼中的好色，而是男女之间真挚的相知、相爱、相恋和相伴。

宝玉对女子们时时处处怜惜。"无故寻愁觅恨，有时似傻如狂""行为偏僻性乖张，哪管世人诽谤"，活脱脱一个爱情至上主义者，一个我自护花赏花、任凭旁人去说的性情中人。

他堪称天下第一暖男。他爱林妹妹，牵肠挂肚，却不敢在她面前轻薄；他敬宝姐姐，言行谨慎，亦不敢造次；他亲近袭人，也呵护晴雯；他慕鸳鸯，又悲金钏儿……仿佛眼前的所有女子，都与他有关，都是他在滚滚红尘中需要用心去呵护的。当然，他至深至真的爱情，只给他的林妹妹。

五

关于"贾宝玉"的原型是谁，红学界中一直颇有争议。有人说是曹雪芹本人，有人说是纳兰容若，有人说是废太子胤礽，有人说是顺治皇帝……莫衷一是。也许，随着作者曹雪芹的去世，这已成为一个永恒之谜，再也无法求证。不过，有一点是肯定的，贾宝玉身上，有纳兰容若的影子，且有很深的痕迹。

纳兰容若与宝玉，都不求功名高，不求权位显，不爱财，不图名，超凡脱俗，遗世独立，只为简简单单地去守护心爱的人。这一点，极其相似。

为何宝玉身上有那么多纳兰容若的影子？曹雪芹的祖父曹寅，和纳兰容若有很深的交情。出生于1658年的曹寅，比纳兰容若小三岁。他俩同为康熙皇帝的侍卫，朝夕相处了八年，交情很深。

1684年，曹寅在南京担任江宁织造，纳兰容若随康熙南巡，住在曹家。纳兰容若和曹寅久别重逢，把酒言欢，写《满江红·为曹子清题其先人所构栋亭，亭在金陵署中》赠曹寅："籍甚平阳，羡奕叶，流传芳誉。君不见，山龙补衮，昔时兰署。饮罢石头城下水，移来燕子矶边树。倩一茎，黄栋作三槐，趋庭外。延夕月，承晨露。看手泽，深余慕。更凤毛才思，登高能赋。入梦凭将图绘写，留题合遣纱笼护。正绿阴，青子盼乌衣，来作暮。"

曹寅万万想不到，这次见面，竟成了永诀。1685 年，惊闻纳兰容若病逝的噩耗，曹寅痛心疾首，潸然泪下。

1695 年，纳兰容若去世十年后，曹寅依然悲从中来，特地写长诗《题楝亭夜话图》深切怀念纳兰容若："紫雪冥蒙楝花老，蛙鸣厅事多青草。庐江太守访故人，建康并驾能倾倒。两家门第皆列戟，中年领郡稍迟早。文采风流政有余，相逢甚欲抒怀抱。于时亦有不速客，合坐清严斗炎熇。岂无炙鲤与寒鹢，不乏蒸梨兼瀹枣。二簋用享古则然，宾酬主醉今诚少。忆昔宿卫明光宫，楞伽山人貌姣好。马曹狗监共嘲难，而今触痛伤枯槁。交情独剩张公子，晚识施君通纻缟。多闻直谅复奚疑，此乐不殊鱼在藻。始觉诗书是坦途，未防车毂当行潦。家家争唱饮水词，纳兰心事几曾知？斑丝廓落谁同在？岑寂名场尔许时。"

无论时光如何流逝，曹寅对纳兰容若的怀念，都无比深切。他怀念和纳兰容若一起担任侍卫的日子——"忆昔宿卫明光宫，楞伽山人貌姣好。马曹狗监共嘲难，而今触痛伤枯槁"，他理解纳兰不为人知的心事——"家家争唱饮水词，纳兰心事几曾知？斑丝廓落谁同在？岑寂名场尔许时"。

或许，他是这世上最懂纳兰的人。

六

历史总是有很多巧合之处。在纳兰出生 60 年后，也就是一个甲子，1715 年，曹寅的孙子曹雪芹出生在南京江宁织造府。

童年的曹雪芹，亲历了一段锦衣纨绔、烈火烹油的生活。但好景不长，1728 年，曹家因亏空获罪被抄家，13 岁的曹雪芹随家人迁回北京老宅，后又移居北京西郊，靠卖字画和朋友救济为生。

或许，13 岁遭遇抄家噩运的曹雪芹，所有的美好记忆都定格在了南京的大观园，停格在了青春年少。往后的岁月，对他来说，只是苟延残喘。他活下去的最大动力，或许只是为了将他亲历的闺阁中的姐姐妹妹的故事，写成一部"千红一哭，万艳同悲"的《红楼梦》。

《红楼梦》中的宝玉、黛玉、宝钗、探春、湘云等主要人物，也都是 12 岁至 14 岁的少男少女，宝钗算是年纪大的，15 岁。

《红楼梦》第 22 回中，老祖宗贾母拿出 20 两体己银子，让王熙凤再从官中拨款，替宝钗过 15 岁生日，从中透露了她们的年龄。

七

虽然曹雪芹出生时纳兰容若已离开人世 29 年，但家族的传说很可能嵌给他许许多多往事故人的影子。

"今宵便有随风梦，知在红楼第几层""因听紫塞三更雨，却忆红楼半夜灯""此夜红楼，天上人间一样愁"……在祖父曹寅的影响下，这些出自纳兰容若的《饮水词》的句子，曹雪芹自幼就耳熟能详。

才子对才子的仰慕，可以穿越时空的阻隔。纳兰容若其人其词其情，在年幼的曹雪芹心中留下了深深的烙印。红楼在哪里？梦又在何方？

《饮水词》中多处咏竹，曹雪芹在小说中描写林黛玉爱竹，别号"潇湘妃子"，为她的居处潇湘馆安排了"凤尾森森，龙吟细细，一片翠竹环绕"的环境，这是否也受了纳兰容若的影响？

宝玉的父亲贾政，与纳兰容若的父亲纳兰明珠也很相似。两人都端方正直，风声清肃，都要求儿子一心只读圣贤书，求取功名，光宗耀祖。

曹雪芹写《红楼梦》，稿未完而人先亡。乾隆晚年，和珅向乾隆呈上《红楼梦》，乾隆看完，掩卷长叹："此盖为明珠家事作也。"

八

未曾清贫难做人，不经打击永天真。成熟不过是善于隐藏，沧桑不过是无泪有伤。

是否多情之人总将生命挥霍得太快？纳兰容若、"诗鬼"李贺、仓央嘉措、苏曼殊都是在红尘匆匆游历一回，就迫不及待地离去。

他们用青春做献祭，将领取的、收获的都早早归还给泥土，归还给江河，归还给岁月。

谨以此文，纪念在历史中真实活过的纳兰容若和在曹雪芹笔下一直活着的贾宝玉。

浮生若梦，为欢几何？

一

"问世间情为何物，直教人生死相许。"

纳兰容若去世 78 年后，1763 年，姑苏城南，沧浪亭畔，一个士族文人之家，迎来了一个新生命。从此，这世间又多了一个至情至性之人。

他就是江苏苏州人沈复，字三白，号梅逸。

45 岁那年，他写了《浮生六记》。

二

沈复和芸娘的婚姻，在那个"父母之命、媒妁之言"的封建时代，源于难得的一见钟情。多年后，沈复仍记得，那一日，他看到芸娘在窗下的情影时，小小少年，竟出了神。

窗边的芸娘，粉颈低垂，身姿婀娜。眼眸间，顾盼神飞。这世间所有的美好，仿佛就此定格。

那一年，是 1775 年。那一天，13 岁的沈复跟随母亲去外婆家，看到了已故的舅舅的女儿陈芸。她与沈复同龄，年长他 10 个月，字淑珍，沈复称呼她为淑姊。

芸娘自幼善女红，工苏绣，可惜命运多舛，5 岁就没了父亲，跟着母亲带着弟弟过日子。母亲年事渐高，做不得繁重的活计。于是，一家人的吃穿用度，都仰仗芸娘的一双巧手。

三

世间所有的相遇，都是久别重逢。正如贾宝玉第一次见到林黛玉时，开口说的第一句话便是"这个妹妹我曾见过！"而黛玉也在心里嘀咕："好生奇怪，倒像在哪里见过一般，何等眼熟到如此。"

宝玉和黛玉今世在凡间的相遇，是在了却神瑛侍者和绛珠仙子前世在天上的仙缘。沈复遇到芸娘，也是这样一种怦然心动。他看着美丽温柔又身世坎坷的姑娘，顿生爱意。想把她娶回家中，让她不再为家人的生计发愁，今生今世只为他一人绣衣缝被。他要和她花前月下，吟诗作赋，一辈子宠她、疼她。于是，他对母亲说："若为儿择妇，非淑姊不娶。"

这句话，比沈复早出生 100 多年的纳兰容若，也曾斩钉截铁地对父母说过。

为了娶青梅竹马的表妹，他也曾将一片真情示之父母。然而，他被父母严词拒绝。表妹被送进皇宫选秀，从此一入宫门深似海，这成了纳兰容若一生的痛。

沈复比纳兰容若幸运多了。母亲听了儿子的告白，先是惊诧，继而莞尔。亲上加亲的好事，也是家门的造化。于是，母亲取下手上的戒指，戴在芸娘手上，默认了这门亲事。

这一年，是 1775 年。这一对小儿女，都是 13 岁。

四

快乐的时光总是匆匆。已有"父母之言"的沈复,从此常去看望芸娘。芸娘见沈复来,总会体贴地为他准备好热粥、小菜和点心。一对小儿女,吃着热粥小菜,聊着诗词文章,憧憬着这一世的琴瑟在御,岁月静好。

一次,沈复在芸娘屋里喝粥,被表哥撞见。表哥哈哈大笑说:"平日里我来讨粥喝,芸都说没有了,原来是要留给你吃。"少年心事无意间被戳破,芸娘羞得抬不起头。但沈复心里是满满的骄傲,骄傲于他的心上人只为他一人熬粥。

1777 年,沈复的父亲稼夫公在会稽(今浙江绍兴)赵省斋先生门下担任幕僚。会稽历来名人辈出,文化积淀深厚。父亲让 15 岁的沈复到会稽求学。

光阴荏苒,一晃三年过去了。1780 年,沈复和芸娘,年满十八。他是银鞍白马度春风的翩翩少年,她是豆蔻枝头二月初的妙龄佳人,都是最好的年华。这年的正月二十二,沈复铺就十里红装,迎娶身穿红嫁衣的娇妻。洞房花烛夜,他痴痴地冲她笑着,看到她就仿佛看到了这一世的幸福。她含羞半低头,恰如李白《长干行》中的新嫁娘——"低头向暗壁,千唤不一回"。

他在她耳畔轻轻地说:"我要给你世间女子都仰望的幸福。"

五

读《安徒生童话》,结尾往往是"从此,王子和公主幸福地生活在一起",至于有多幸福,全凭读者想象。婚后的生活,总离不开人间烟火。再浪漫的爱情，遇到柴米油盐酱醋茶，也似乎浪漫不再。

　　然而，对于沈复和芸娘来说，结婚，才是一场浪漫爱情的真正开始。

　　沈复夫妇婚后居于"我取轩"。小院里凤尾森森，龙吟细细，一片翠竹环绕。他们耳鬓厮磨，亲如形影。她是他的妻，亦是他的友。她为他洗衣缝被，品评文章。沈复感叹，此生能得芸娘为妻，既有了一世的安稳，也不枉了一身才华。正可谓只羡鸳鸯不羡仙。

　　后来，因沈复弟弟娶亲，他们搬出雅致的"我取轩"，去一个小巷子里租房而住。虽家境不甚宽裕，但两人过得有滋有味。

　　芸娘在院子里种菜，为夫君织布缝衣，洗手做羹汤。经她的巧手做成的衣衫，尽显风雅。原来，最幸福的事其实不过是"菜园十亩，君画我绣"。

　　一间屋，一畦地，过一生。

六

　　林语堂曾说："芸，我想，是中国文学上一个最可爱的女人。"芸娘的可爱，不只在于她善解人意，不只在于她心灵手巧，更在于她是一个善于发现生活乐趣的人。

　　夏日，她看到荷花晚含而晓放，就在夜里用小纱囊取茶叶少许，放在荷花的花心中，次日拂晓取出，煮泉水冲泡，茶香中就自然有了荷味。她把如此冲泡的茶端给沈复，沈复轻拨茶盖。满室间，茶香氤氲。

　　她为夫君泡茶，他为娘子刻章。七夕夜，沈复刻"愿生生世世为夫妇"图章二方，沈复执朱文，陈芸执白文。后来，为了家中生计，沈复出门远行，两人日日书信往来，那枚图章带着墨香，传递着他们之间的牵挂。他把在外游走的趣事讲给她听，她告诉他家中荷花已开，君可归来泡茶赏荷。

两人还曾请人绘月下老人图，焚香祈祷，以求来生仍结姻缘。

有一次，泛舟河上，芸娘问沈复："来世还能做夫妻吗？"沈复搂着怀中的娇妻，答："上辈子，你已经问过我这个问题了。"

前世，今生，来世，愿生生世世，"在天愿作比翼鸟，在地愿为连理枝"。人间之乐，莫过于此。《红楼梦》中，大观园里，一群姐姐妹妹陪伴宝玉，共度青春，亦不过如此。

七

然而，世事总难全。

沈复和芸娘率真任情的个性，与那个封建礼教时代并不相容。在世俗眼光里，未曾参加科举考试的沈复，是一个不求功名的"败家子"，而芸娘则是助纣为虐的"坏媳妇"。

这一点，和《红楼梦》中的贾宝玉、林黛玉何其相似。当宝钗劝宝玉求取功名、经时济世时，宝玉登时翻脸，说："林妹妹从来不说这些混账话。"

后来，家族内部发生了财产争夺纠纷，加上小人拨弄是非、蓄意陷害，渐渐地，芸娘失欢于公婆，沈复也越来越为家族所不容。本就柔弱的芸娘，日益憔悴，形销骨立。他们彼此安慰，彼此陪伴，年愈久，情愈深。

可惜，恩爱夫妻不到头。再深的感情，也挡不住死神的相逼。

1804 年，42 岁的芸娘，血疾大发，不治而亡。两人朝夕相处、琴瑟和鸣的日子，仅 24 年。

芸娘死后，沈复一路辗转，去四川充任幕僚，此后下落不明。

八

芸娘虽亡，但沈复对她的深情没有止境。

亡者长眠地底，冷月清光洒满大地，沈复的孤寂凄凉，谁人能诉？

1808 年，芸娘去世四年后，沈复悼亡爱妻，追忆往昔，完成了自传体小说《浮生六记》。

"人生若只如初见，何事秋风悲画扇"。人生如果总像刚刚认识时那样甜蜜，那样深情，那样快乐，该是一件多么美好的事。这是纳兰容若的感叹，也是沈复的感叹。不过，这浮生一世，前半生有芸娘在身边，后半生有回忆伴左右，终也不算枉过了。

往事如此温柔，他放下笔，望向窗边。窗外，依稀看到芸娘微笑着，低头绣花。

1825 年，沈复去世，与爱妻在另一个世界厮守在一起。

可惜《浮生六记》手稿零落，几被湮没。1877 年，沈复死后 52 年，晚清思想家王韬在苏州的书摊上发现《浮生六记》残稿四卷，才得以用活字板刊行。从此，沈复和芸娘的爱情，从岁月深处走来。

1936 年，林语堂将《浮生六记》四卷译成英文。在西方人眼中，沈复和芸娘是不是另一对"罗密欧和朱丽叶"？

九

相爱的夫妻总有相似之处。

沈复去世 156 年后，被钱钟书誉为"最贤的妻、最才的女"的杨绛，模仿他的《浮生六记》，写下了《干校六记》。巧合的是，杨绛也在书中提到了菜园的故事——

　　默存过菜园，我指着窝棚说："给咱们这样一个棚，咱们就住下，行吗？"默存认真想了一下说："没有书。"真的，什么物质享受，全都罢得，没有书却不好过日子。他箱子里只有字典、笔记本、碑帖等。

　　安详出幽默，大安详出大幽默。杨绛先生的文字，怨而不怒，哀而不伤，字里行间，哭着微笑，笑着流泪。

　　或许，"菜园十亩，君画我绣"，不只是沈复和芸娘的憧憬，也是钱钟书和杨绛的梦想。杨绛和芸娘，都是最贤的妻，最才的女。当然，她们也收获了最深的情，此生可以无憾。

她是湖心一捧雪

一

1638 年 9 月，初秋，南京。

这一年，41 岁的张岱慕名来到南京桃叶渡，拜访一位识茶辨水的高人闵汶水。据说，闵汶水品茶的时候，无须将茶汤喝到嘴里，就能知晓茶汤的优劣。

他以为，这只是他无数次为美食远行的寻常之旅。却不料，那个名叫王月生的女子就这样毫无征兆地闯入了他的人生。

他自认阅人无数，但在见到王月生的一刹那，他知道，他心底深处的某根弦似乎被轻轻拨动了。

她似乎是他生命中的匆匆过客，却又在他生命中留下了不可磨灭的痕迹。

很多年后，当他提笔写《陶庵梦忆》时，他为她如此落笔："面色如建兰初开，楚楚文弱，纤趾一牙，如出水红菱……"

不知他写下这些文字时，是否想起了他第一次见到她时的模样？一眼，万年；刹那，永恒。

二

1597 年，张岱出生于浙江山阴（今浙江绍兴）的簪缨世家，
祖上四代为官，家世显赫。高祖父张元汴是明隆庆五年的状元，也
是王阳明的再传弟子，父亲张耀芳任山东鲁王长史，亲戚朋友中多
有名震一方的学者和艺术家。

张岱从小鲜衣怒马，坐拥三千繁华。他不必费心考取功名，可
以将大把大把时间用来做他喜欢的事。

他读书破万卷，6 岁时就有"神童"之誉。《小窗幽记》作者
陈继儒来张家做客，有意考考张岱，就指着墙上的《李白骑鲸图》
出上联："太白骑鲸，采石江边捞夜月。"他不慌不忙，随口对出
下联："眉公跨鹿，钱塘县里打秋风。"

对张岱来说，无论是正经的书画礼乐、诗词曲赋、山水园林，
还是不那么正经的琴棋酒茶、戏曲杂耍、花鸟鱼虫、古玩珍宝，他
都无一不爱、无一不精、无一不通。用他自己的话说，就是"少为
纨绔子弟，极爱繁华，好精舍，好美婢，好娈童，好鲜衣，好美食，
好骏马，好华灯，好烟火，好梨园，好鼓吹，好古董，好花鸟，兼
以茶淫橘虐，书蠹诗魔"。

他本就天分极高，偏偏做任何事又有一股"痴气"，爱美食如
饕餮，爱古董入迷，爱花鸟成痴，爱烟花绽放又熄灭，爱诗书着了
魔、中了邪……

他活成了公子中的公子，才子中的才子，是极有品位的"纨绔
子弟"，堪称明末"吃喝玩乐第一人"。

三

张岱和闵汶水的"过招"，可谓棋逢对手。

当张岱慕名登门拜访时，闵汶水并不把他看在眼里，只想将他速速打发了才好。

闵汶水将茶递给张岱，张岱在灯下看了看茶色，问："这茶产于何处？"

闵汶水淡淡道："阆苑茶。"

张岱喝了一口茶水，摇头说："您老别骗我了，这茶是阆苑茶的制法，但味道不是阆苑茶。"

闵汶水这才露出一丝笑意："那你说产于何处？"

张岱再抿了一口道："这茶怎么那么像罗岕茶呢？"闵汶水笑而不答。

张岱又问："泡茶是用什么水？"

闵汶水答："惠泉水。"

张岱惊讶道："惠山泉距此千里，千里迢迢运到这里，水一定会变质，但这水一点也没变，不知何故。"

闵汶水这才正色道："看来你也是懂茶之人，老朽不敢再瞒你了。取惠泉水前，一定要淘井，在静夜等待新泉涌出，然后马上取水，在水瓮底部铺就山石，待有风时才行船。如此，便能保持泉水的鲜活。"

说完，他拿出另一壶茶，让张岱品尝。张岱轻啜一口说："这茶香气浓烈，味道醇厚，是春茶吗？刚才煮的茶是秋天里采摘的。"

闵汶水点头笑道："老朽 70 岁了，所见的品茶高人中，无人能超过你了。"

张岱哈哈一笑，和闵汶水就这样成了忘年交。

四

让张岱万万没有料到的是，他在闵汶水这里，不仅喝到了上品好茶，还意外见到了金陵名妓王月生。

王月生出生于 1622 年，擅楷书，工丹青，会吴歌，尤好茶，姿色出众，才情绝伦。

据说，崇祯年间，金陵城曾举行过一次声势浩大的"评花榜"活动，王月生被评为第一。在鼓乐声中，王月生坐上百花簇拥的"状元"宝座，用金杯品酒，颇为荣耀。时人题诗赞曰："月中仙子花中王，第一嫦娥第一香"。

那么，明代的"评花榜"有何标准？在明代文人潘之恒在《金陵妓品》中，把金陵名姬分为四类：一曰品，典型胜；二曰韵，丰仪胜；三曰才，调度胜；四曰色，颖秀胜。

"品、韵、才、色"，就是当时青楼"评花榜"的四条标准。王月生能从众芳中脱颖而出，定非浪得虚名。

明末清初文学家余怀，对金陵旧事颇为熟知，在《板桥杂记》中这样描述他眼中的王月生："月尤慧妍，善自修饰，顾身玉立，皓齿明眸，异常妖冶，名动公卿。"

据说，美的最高境界是"美而不自知"。

"名动公卿"的王月生，不喜欢结交权贵，"矜贵寡言笑"，却极爱喝闵汶水煮的茶。到了约定的日子，即使刮风下雨，也必到闵汶水家喝数壶茶才肯离去。

于是，在一个寻常日子，王月生照例来闵汶水家饮茶，就这样和张岱不期而遇了。

五

我不知道张岱见到王月生时，是否觉得眼前之人不同于寻常女子，也不知道王月生见到张岱时，是否觉得此人不同于寻常公子。我只知道，在认识王月生不久，张岱为她写了一首七言古诗，题目是《曲中妓王月生》。

张岱文笔非常了得，却惜字如金，轻易不肯下笔。

1632 年 12 月，他前往西湖看雪，有感而发，写了《湖心亭看雪》一文。全文不足 200 字，却写尽了西湖雪景的幽静深远之美。其中，"天与云与山与水，上下一白。湖上影子，惟长堤一痕，湖心亭一点，与余舟一芥，舟中人两三粒而已"一段，更是神来之笔，让人叹为观止、望尘莫及。

然而，如此惜字如金的张岱，在遇到王月生后，这样写道："金陵佳丽何时起？余见两事非常理。乃欲取之相比伦，俗人闻之笑见齿。今来茗战得异人，桃叶渡口闵老子。钻研水火七十年，嚼碎虚空辨渣滓。白瓯沸雪发兰香，色似梨花透高低。舌闻幽沁味同谁？甘酸都尽橄榄髓。及余一晤王月生，恍见此茶能语矣。蹴三致一咨移。狷洁幽闲意如冰。依稀篝粉解新篁，一茎秋兰初放蕊。縠雾犹嫌弱不胜，尖弓适与湘裙委。一往情深可奈何，解人不得多流视。余惟对之敬畏生，君谟嗅茶得其旨。但以佳茗比佳人，自古何人见及此？犹言书法在江声，闻声喷饭满其几。"

一开始，张岱似乎在写闵汶水的好茶——"白瓯沸雪发兰香，色似梨花透高低。舌闻幽沁味同谁？甘酸都尽橄榄髓"，及全"及余一晤王月生；恍见此茶能语矣"，就将笔锋轻轻一转，聚焦到了王月生身上。及至"但以佳茗比佳人，自古何人见及此"，他对王月生的欣赏之情早已喷薄而出，任谁都看得出来了。

六

然而，此时的王月生，并非自由之身。一年前，她被隆平侯张拱薇看中，成为张拱薇的爱妾。

张拱薇是张信的第十代孙。张信绝非等闲之辈，朱棣能够称帝，张信功劳第一。

当时，张信任职北平都司，朱允炆曾命他去攻取朱棣，他却悄悄告诉朱棣，救了朱棣一命。因此，朱棣登基后，立即封他为隆平侯，且世袭罔替，子孙世代为侯。

张岱心想，隆平侯位高权重，王月生能成为他的爱妾，这应是当时所有青楼女子梦寐以求的吧？然而，随着王月生一次次来闵汶水处喝茶，他们交谈的机会越来越多，他渐渐发现，他和王月生是同一类人。那就是无论身处何等繁华，他们内心深处其实都是孤独的。

张岱渐渐发现，他对王月生动了心，不可救药地喜欢上了这个和他一样孤傲、空灵的女子。

不过，他什么都不能说，只有他自己知道而已。

七

张岱去南京拜访闵汶水，本不打算逗留太久。但自从认识王月生后，他却迟迟不愿离开。

为了能和王月生有更多见面机会，他主动登门拜访隆平侯张拱薇。因为两人都姓张，张岱便以"同族人"的身份拉近彼此之间的距离。张拱薇自然听说过张岱的盛名，和张岱相谈甚欢。

1638年冬季，隆平侯张拱薇邀请张岱一同打猎，浩浩荡荡，盛况空前。事后，张岱写了一篇散文，题为《牛首山打猎》。他如此写道："戊寅冬，余在留都，同族人隆平侯与其弟勋卫、甥赵忻城，贵州杨爱生，扬州顾不盈，余友吕吉士、姚简叔，姬侍王月生、顾眉、董白、李十、杨能，取戎衣衣客，并衣姬侍。姬侍服大红锦狐嵌箭衣、昭君套，乘款段马，鞲青鹞，绁韩卢，铳箭手百余人，旗帜棍棒称是，出南门，校猎于牛首山前后，极驰骤纵送之乐。"

张岱世代簪缨，家世显赫，自认什么样的繁华都已见过，但这次围猎之后，他不由感叹："江南不晓猎较为何事，余见之图画戏剧，今身亲为之，果称雄快。然自须勋戚豪右为之，寒酸不办也。"此处"寒酸"，不是指一般百姓，而是指张岱自己，可见隆平侯张拱薇的实力有多大。

当张岱在出行的人群中看到那个身穿大红锦狐嵌箭衣、头戴昭君套、美得不可方物的王月生时，不知是怎样的心情。他知道，他和王月生不可能有未来，但只要能这样远远看到她，又何尝不是一种幸福？

从1638年秋季到冬季，张岱一直留在南京。眼看年关将近，张岱没有理由再在南京待下去了。

让张岱万万没有想到的是，他离开南京那天，王月生竟冒着严寒，和闵汶水一起送他到燕子矶，含泪惜别。

要知道，在南京的富贵公子眼里，王月生素来"矜贵寡言笑""寒淡如孤梅冷月，含冰傲霜"，如今她却主动来送张岱。张岱终于明白，原来，这些日子以来，并不是他一个人动了心……

张岱和王月生都没有料到，这一别，竟是永别。从此，他俩再也没有机会见面。

八

1638 年，明朝已经处于风雨飘摇中，外有清军，内有闯王，时局十分不妙。张岱离开南京不久，隆平侯张拱薇战死沙场。张拱薇的正妻本就对他生前专宠王月生颇为不满，当即将王月生逐出家门。

1639 年，王月生走投无路，只好回到秦淮河畔，重操旧业。

此时的张岱，正忙着出资平整家乡的卧龙山下池塘、水道，还请县令发檄文征召千人出力。整治好后，舟船畅通无阻，张岱很高兴，特地写文记述此事。

我们已无从考证，王月生重操旧业，张岱是否知道？如果张岱知道，是否会立即赶往南京，抱得美人归？

事实是，1640 年，王月生没有等来张岱，却等来了一个叫蔡如蘅的人。

蔡如蘅是四川举人，善诗词，儒雅风流。他被王月生深深吸引，愿出三千金的高额赎金，纳王月生为妾。要知道，秦淮名妓陈圆圆的赎金也不过两千金，可见王月生有多出众。

当王月生决定嫁给蔡如蘅时，不知她有没有想到张岱。或许，她觉得，以张岱这样的世代簪缨之家，即使他对她一见倾心，他的家族也不允许他纳她为妾吧？

相爱的人，不一定相守；相守的人，不一定相爱。这或许就是身处红尘的深深无奈吧。

1641 年，蔡如蘅任安庐兵备道，带王月生一同前往庐州（今安徽合肥），专宠王月生一人。

但是，这样的平静生活并没有持续太久。1642 年，随着张献忠攻克庐州，一切都彻底结束了。

九

1606 年，张献忠出生于陕西延安府庆阳卫定边县（今陕西定边）的贫苦家庭。

天启末年，陕西全境灾荒不断，发生了严重的干旱和虫灾，禾苗枯焦，饿殍遍野。明朝财政拮据，赈济成为空谈，农民无法生活下去，只能铤而走险。各地纷纷爆发农民起义，并很快形成燎原之势。

1630 年，张献忠也在家乡聚集十八寨农民，自号"八大王"，转战于陕西、山西、河南、安徽、湖北、四川等地，队伍迅速由几千人发展到几万人。

1642 年 5 月，张献忠率农民军攻陷庐州，知府郑履祥被杀。慌乱之中，蔡如蘅带王月生躲到井底，但最终还是逃不过张献忠手下的搜查，双双被捕。

当时有个名叫余瑞紫的秀才，写了《张献忠陷庐州记》，文中如此记载——

"张献忠既擒蔡香君，责曰：'我不管你，只是你做个兵备道，全不用心守城，城被我破了，你就该穿大红朝衣，端坐堂上，怎么引个妓妾避在井中？'蔡道无言可答。其妾王月手牵蔡道衣襟不放，张叫：'砍了罢。'数贼执蔡道于田中杀之。王月大骂张献忠，遂于沟边一枪刺死，尸立不仆，移时方倒。"

按照余瑞紫的记载，王月生被张献忠抓到后，就被张献忠砍杀了。临死前，她大骂张献忠，慨然赴死。这一年，王月生年仅 20 岁，可歌可泣，可悲可叹！

对于王月生的死，明末清初文学家余怀在《板桥杂记》中却有
另外的说法。余怀写道："崇祯十五年五月，大盗张献忠破庐州府，
知府郑履祥死节，香君被擒。搜其家，得月，留营中，宠压一寨。
偶以事忤献忠，断其头，蒸置于盘，以享群贼。"

如果余怀记载属实，那么张献忠的残暴和变态，已经到了令人
发指的地步。可怜王月生，先是被张献忠所辱，后又被其所杀，还
蒸而犒贼，让人不忍卒读。

余瑞紫和余怀的说法虽然有所不同，但有一点是肯定的，那就
是王月生都是死于张献忠之手。

十

1642 年 5 月，王月生被张献忠砍杀。

1642 年秋天，张岱来到了阔别三载的南京。

庐州和南京相隔不过数百里，张岱是否听说了王月生的死讯，
才特地赶到南京，向闵汶水一探究竟？

桃叶渡，闵汶水的茶馆依旧开着，王月生却再也不会推门而
入了！

当张岱得知王月生真的香消玉殒的那一刻，他是否痛恨自己，
如果时光可以倒流，他应该想尽办法娶了她，至少可以护她一世周
全。然而，时光不会倒流，这辈子，他再也没有机会护她一世周
全……不仅没有机会护王月生周全，就连他自己的性命，也岌岌
可危。

或许，1638 年冬天的那场狩猎，是张岱和个中诸人命运的巅峰。
短短三五年后，他们中的大多数人，就都随着明朝的覆灭而走向自
己的人生终局。

1644 年 4 月，李自成攻入北京，崇祯皇帝自知大势已去，将后妃子女（除太子外）尽数杀死，并与太监王承恩于煤山（今属北京）自尽，明朝灭亡，史称"甲申之变"。

明朝覆灭，清军南下，攻克绍兴，张岱举家逃往山林。战乱结束后，张岱也长期隐居四明山中，用他自己的话说，就是"年至五十，国破家亡，避迹山居，所存者，破床碎几、折鼎病琴，与残书数帙、缺砚一方而已。布衣蔬食，常至断炊。回首二十年前，真如隔世"。

十一

零落山河颠倒树，不成文章更伤心。

当尘埃渐渐落定，面对破床碎几、折鼎病琴，张岱是否想起了香消玉殒的王月生，想起了那些和王月生煮茶、品茗、谈诗、论画的时刻？

清代才子曹雪芹遭遇家族变故后，活下去的唯一动力，似乎就是为闺阁女子立传。用曹雪芹自己的话说，就是"今风尘碌碌，一事无成，忽念及当日所有之女子，一一细考较去，觉其行止见识，皆出于我之上"。于是，他皓首穷经，埋首著述，用十年光阴写成了《红楼梦》。

"满纸荒唐言，一把辛酸泪。都云作者痴，谁解其中味？"

和曹雪芹一样，亡国后的张岱，隐居山间，故交朋辈多死亡，葛巾野服，意绪苍凉。他仿佛凤凰涅槃般，洗去前半生的喧嚣和浮华，面对最真实的自己，写下最真实的文字。

回首少壮秋华，张岱仿佛做了一场梦，著书十余种，有了《陶庵梦忆》，有了《西湖梦寻》，有了《夜航船》，有了《石匮书》……

十二

在张岱心里，王月生始终有一席之地。

在别人看来，他和王月生仿佛什么都没有发生，但只有他自己知道，他和王月生，彼此有情。

在隆平侯战亡、王月生重返秦淮河时，如果他能赶往南京，将她带回绍兴，该有多好，那么她的命运一定不一样了！

很多时候，人最难面对的，是自己。纵然可以逃过全世界，也逃不过自己对自己的谴责。在王月生死后的很长一段时间里，张岱都没有办法动笔。他不敢去触碰这段回忆，一经触碰，就是撕心裂肺的痛，痛得他透不过气来。

当他终于可以提笔写她时，他也只写了她在秦淮河畔的往事，只字不提她嫁人后的经历，他到底还是不忍。

在《陶庵梦忆》中，他这样回忆他心中的王月生——

"南京朱市妓，曲中羞与为伍；王月生出朱市，曲中上下三十年决无其比也。面色如建兰初开，楚楚文弱，纤趾一牙，如出水红菱，矜贵寡言笑，女兄弟闲客多方狡狯嘲弄哈侮，不能勾其一粲。善楷书，画兰竹水仙，亦解吴歌，不易出口。南京勋戚大老力致之，亦不能竟一席。富商权胥得其主席半晌，先一日送书帕，非十金则五金，不敢亵订。与合卺，非下聘一二月前，则终岁不得也。

"好茶，善闵老子，虽大风雨、大宴会，必至老子家啜茶数壶始去。所交有当意者，亦期与老子家会。一日，老子邻居有大贾，集曲中妓十数人，群诨嘻笑，环坐纵饮。月生立露台上，倚徙栏楯，目氏婑羞涩，群婢见之皆气夺，徙他室避之。

"月生寒淡如孤梅冷月，含冰傲霜，不喜与俗子交接；或时对面同坐起，若无睹者。有公子狎之，同寝食者半月，不得其一言。一日口嗫嚅动，闲客惊喜，走报公子曰：'月生开言矣！'哄然以为祥瑞，急走伺之，面赪，寻又止，公子力请再三，蹇涩出二字曰：'家去。'"

最后一段是个小故事，大意是：有个富贵公子，把王月生接去同寝共食了半个月，却没听到她说一句话。有一天，她的嘴唇动了几动，像是要说话。给公子帮闲的人赶紧跑去报喜，公子百般央求，结果王月生只吐出两个字："家去。"

寥寥数字，写尽了王月生的"寒淡如孤梅冷月，含冰傲霜，不喜与俗子交接"。

当时秦淮河畔，曲中名姬有李香君、卞玉京、顾眉、董白等人，但在张岱眼里，秦淮风月之首，当仁不让是王月生。在王月生之前三十年、之后三十年，曲中名姬无人能比。

王月生虽然只在人间活了20年，但在张岱笔下，却仿佛一直活着。

十三

1665年，康熙四年，张岱写下《自为墓志铭》，向死而生："甲申以后，悠悠忽忽，既不能觅死，又不能聊生，白发婆娑，犹视息人世。"

1689年，张岱去世。这一年，距离王月生去世，已经将近半个世纪。

当张岱离开这个并不值得眷恋的人间时，他是否想起了1632年前往西湖湖心亭看雪？是否想起了1638年前往南京桃花渡品茶？是否想起了1638年冬天和隆平侯、王月生等人一起狩猎？那是多么多么遥远的往事啊!

　　"繁华靡丽,过眼皆空,五十年来,总成一梦。"对张岱来说,这一生就像一场梦。而王月生,仿佛他在湖心亭掬起的那捧雪,永远定格在了那个最美的瞬间。

四、近代风云

林家肉松和胡家麻将

一

晚清以降，将西学引进中国的学者不乏其人。比如，为"师夷长技以制夷"而编写《海国图志》的魏源，中国第一个耶鲁大学毕业生容闳，翻译《天演论》等西方名著的严复……但将"中学"介绍给西方而有重大贡献的人，则屈指可数。胡适和林语堂是其中两位佼佼者。

胡适于 1938 年至 1942 年间，任国民政府驻美大使，对美国的外交政策发生过一定影响。

林语堂于 1936 年受诺贝尔文学奖获得者赛珍珠的邀请，用英文创作《吾国与吾民》《风声鹤唳》《生活的艺术》等，两次被提名为诺贝尔文学奖候选人。

两位才子相差 4 岁，都擅长用英文写作，都风度翩翩、一表人才。

他们在外面的世界都风光无限，但在家中的情形，恐怕有着天壤之别。胡适是圈中出了名的"怕老婆"，夫人江冬秀是传说中的

"河东狮吼"。林语堂和夫人廖翠凤一生琴瑟和谐，相敬如宾。

其实，一个家庭的幸福指数，很大程度上取决于女主人。我们不妨从林家肉松和胡家麻将入手，看看林夫人和胡夫人截然不同的处事之道。

二

林语堂，1895 年出生于福建漳州一个基督教家庭，父亲是教会牧师。他从小接触英语，熟练程度不次于母语。1919 年至 1923 年，他辗转于美国、法国、德国等地，拿到了哈佛大学的文学硕士学位和莱比锡大学的比较语言学博士学位。1923 年回国，任北京大学教授。1926 年，受爱国华侨、福建老乡陈嘉庚邀请，他来到厦大，担任文科主任兼国学研究院总秘书。

1921 年创办的厦大急需人才，于是，林语堂代表校方东奔西走，邀请北京学界的知名教授来厦大任教。鲁迅、沈兼士等 20 多位北大教授纷纷南下，时称"半个北大"搬到了厦大。

林语堂和廖翠凤的缘分，始于一次做客。

廖翠凤是鼓浪屿钱庄老板廖悦发的二女儿。廖翠凤的兄弟是林语堂在上海圣约翰大学的同学。

一次，林语堂应邀去廖家吃饭。吃饭时，廖翠凤见林语堂英俊潇洒，言谈举止颇具风度，就有几分好感。廖翠凤的活泼开朗、善解人意，也引起了林语堂的注意。就这样，经过一段时间的相互了解之后，两颗年轻的心走到了一起。

当两人欲订终身时，廖翠凤的母亲有些担忧，说："林语堂是牧师的儿子，家里很穷。"廖翠凤却果断地说："贫穷算不了什么。"

1915 年，两人订婚。订婚后不久，林语堂到清华任中等科英文教员。一对恋人分隔两地，鸿雁传书。

1919年，林语堂从清华申请到了去美国哈佛大学留学的奖学金。出发前夕，林语堂与廖翠凤结婚。

新婚宴尔，一对小夫妻共赴美国。

三

在国外留学的日子，只靠一点奖学金，日子过得有些紧张。廖翠凤虽然自幼家境优越，但一点都不娇气。她毫无怨言地承担起所有家务，一丝不苟地打点丈夫的衣食住行。

廖翠凤的母亲担心女儿结婚后会吃苦，在女儿出嫁时送了她许多金银首饰。为了让林语堂安心读书，她忍痛割爱，卖掉陪嫁首饰，补贴家用。林语堂看在眼里，感动在心里。他们的感情，在相濡以沫中越来越深。

一天，林语堂拿出结婚证，对廖翠凤说："结婚证只有离婚时才用得着，我们烧掉它吧，反正今后用不着它了。"

抗战初期，林语堂写了不少宣传抗日的文章，廖翠凤也走出家门，担任纽约华侨妇女发起的救济会的副会长，向纽约的贵妇人们宣传抗日，开展募捐活动。

林语堂每走一步，背后都有廖翠凤的陪伴与支持。

四

林语堂和廖翠凤生了三个女儿，分别叫林如斯、林太乙、林相如。

二女儿林太乙说，每到冬天，妈妈就会在家里炒肉松。妈妈的肉松是用细心、耐心和爱心炒出来的。

对廖翠凤来说，做肉松是一个家庭主妇带给家人的爱和温暖。肉松不容易做，如果炒焦了，会发苦；炒得不够干，就不够松脆。林太乙说："妈妈炒的肉松，又香又脆，是极品。妈妈把肉松像宝贝似的收起来，偶尔才挑几茶匙让我们拌稀饭吃。我们的回忆和肉松拌在一起。"

一个是名满天下的才子，一个是相夫教子的家庭主妇。1969年1月，林语堂与廖翠凤举行了50周年金婚纪念日。

谈及白头偕老的秘诀，他们不约而同说了两个字——给、受。半个世纪以来，他们都尽量多地给予对方，而不计较对方给予自己多少。

有人问廖翠凤："怎样才能做个好妻子？"

廖翠凤笑着回答："作为一个妻子，不要在朋友面前诉说自己丈夫的不是，不要骂丈夫，不要自以为聪明，不要平时说大话，临到困难时又袖手旁观。"

林语堂在《生活的艺术》中写道："婚姻并不是以善变的爱情为基础的，而是爱情在婚姻中滋长……女人的美不是在脸上，而是在心里。你失败时，她鼓励你；你遭诬陷时，她相信你，那时她是真正美的。"

五

和廖翠凤善于料理家务、相夫教子不同，胡适夫人、"小脚太太"江冬秀的最大爱好是打麻将。江冬秀的麻将水平，在教授太太中是出了名的。

她的麻将，从北京打到上海，从中国打到纽约。只要她在家，家里就一定"筑长城"，乐此不疲。对此，拥有30多个博士头衔的胡适也表示无可奈何。

胡适常说："容忍比自由更重要。"是否透露了他对婚姻的无奈？

胡适和江东秀，无论从哪个角度看，都不般配。他们是如何走到一起的？

六

1891年，胡适出生在江苏松江（今属上海）。1894年，中日甲午战争爆发，父亲病逝于厦门，母亲带着胡适回到了老家——安徽绩溪。年幼的胡适在文化底蕴深厚的绩溪完成了他的启蒙教育。母亲对胡适要求甚严，含辛茹苦培养其成才。在胡适眼中，母亲既是慈母，也是严父。

"谁言寸草心，报得三春晖"，或许正是这样的情感，为胡适后来的包办婚姻埋下了伏笔。

江冬秀是安徽省旌德县江村人，其舅母是胡适的姑姑。裹了小脚、不甚识字的江冬秀，当然吸引不了胡适。但胡适的母亲喜欢江冬秀，安排他们订了婚。这一年，是1904年，胡适13岁，江冬秀14岁。

订婚后不久，胡适到上海读书，接受了越来越多的新思想。他试图用笔作为武器，抨击封建包办婚姻，呼吁女性解放，以他人酒杯浇自己块垒。但是，母命不可违，他依然没有勇气走出自己的包办婚姻。

1910年，19岁的胡适考取庚子赔款官费生，留学美国，先到康奈尔大学农学院，后到哥伦比亚大学哲学系，师从美国实用主义哲学家约翰·杜威。1917年，获哲学博士学位，回国被聘为北京大学教授。

从 1904 年订婚到 1917 年回国，这漫长的 13 年里，胡适的母亲多次催促他回国完婚，他都借口"儿决不以儿女婚姻之私，而误我学问之大"推托。

1917 年 12 月，胡适再也拖不下去了，回到安徽老家，与江冬秀结婚。这对于一向抨击封建礼教和包办婚姻的胡适来说，是滑稽，是讽刺，也是无奈。

七

关于江冬秀，有人认为，她泼辣如虎。比如，胡适 1923 年曾提出离婚，江冬秀抢起菜刀，声称要先杀掉祖望、思杜两个儿子，再跟胡适拼命。惊惧之下，胡适从此再也不敢提离婚。也有人认为，她为人豪阔，对胡适的亲朋好友大方周到。这一点和同样肯为朋友慷慨解囊的胡适十分合拍。

真实的人，当然是优点缺点并存。不过，无论人们如何评价江冬秀，有一点是肯定的，那就是她不像廖翠凤懂林语堂那样懂自己的另一半。因此，虽然他们的婚姻也维持了一辈子，但这段婚姻的质量显然是不高的。

胡适在台湾任职时，江冬秀经常邀朋友来家打牌。身为院长的胡适，为了维护前院长蔡元培规定不准在公房打牌的传统，曾对他的秘书说："请帮我买所房子给我太太住，因为太太打麻将的朋友多，在公房打牌不方便。"

胡适曾写过一篇题为《麻将》的文章，说中国除有鸦片、八股和小脚三害之外，还有第四害，就是麻将："女人们以打麻将为家常，老人们以打麻将为下半生的大事业。我们走遍世界，可曾有哪个长进的民族，文明的国家，肯这样荒时废业的吗？"

八

胡适是新文化运动中第一代启蒙知识分子，是传统中国向现代
中国发展过程中的承传者。他翻译都德、莫泊桑、易卜生的作品，
宣扬个性解放、思想自由，在哲学、史学、古典文学考证等诸多领
域都有杰出成就。他提倡"大胆假设，小心求证""有一分证据说
一分话，有七分证据不说八分话"的治学方法，对学界影响深远。

但是，作为妻子的江冬秀，受性格和知识所限，终其一生，都
无法真正理解丈夫。这对胡适来说，或许是一生的遗憾。

太太不只在客厅

一

有这样两个才貌双全的女子，她们是福州老乡，相差 4 岁，在同一年代去美国留学，两人的丈夫是清华大学的同学加室友……一位是"一身诗意千寻瀑，万古人间四月天"的林徽因；一位是与波澜壮阔的 20 世纪同行、被誉为"世纪老人"的冰心。

二

她们的缘分，可以从一座宅子说起。

1911 年春天，林徽因的叔叔林觉民跟随黄兴等革命党人参加广州起义，不幸被俘，从容就义，成为"黄花岗七十二烈士"之一。

林觉民写给新婚妻子陈意映的《与妻书》中，一句"意映卿卿如晤"，常使后人"泪满襟"。

林觉民被捕的消息传回福州后，林家慌忙变卖宅邸搬家。买下这个宅子的人，是一位举人，名叫谢銮恩。他的孙女名叫谢婉莹，当时 11 岁。

多年后，笔名叫"冰心"的谢婉莹写了《我的故乡》一文，对这个老宅有过生动的描写。

三

两位才女的求学经历和成名时间，有许多相似之处。

1919 年 8 月，19 岁的谢婉莹在《晨报》发表第一篇小说《两个家庭》，第一次使用"冰心"这个笔名，开始在文坛崭露头角。

1920 年 4 月，16 岁的林徽因跟随时任北洋政府外交委员会事务长的父亲林长民游历欧洲。在"放眼看世界"的过程中，建筑设计引起了她的浓厚兴趣，并成为她一生的志向。

1923 年，从燕京大学毕业的谢婉莹，赴美国威尔斯利大学攻读英国文学。她将在美国留学的所见所闻，写成了影响几代人的名作《寄小读者》。

1924 年，20 岁的林徽因参加胡适、徐志摩发起的新月社的文艺活动，登台出演印度诗人泰戈尔的诗剧《齐德拉》，在文艺界崭露头角。同年 6 月，林徽因和梁思成赴美国宾夕法尼亚大学美术学院攻读建筑。此后，林徽因还转到耶鲁大学攻读舞台美术设计。

1929 年，谢婉莹与吴文藻结婚。巧的是，吴文藻和梁思成是清华大学的同学，且是同一个宿舍的。

四

两位才女是福州老乡，两位才女的先生是同学加室友，这样的两对夫妻，想不成为好友都难。但不知为何，林徽因和谢婉莹之间，始终只是淡淡的。友谊的种子，迟迟没有发芽。或许，人和人之间是讲究缘分的。有些人之间，天生不投缘。

20 世纪 30 年代，两位才女之间的"不待见"，愈演愈烈。最后的爆发，源于一篇题为《我们太太的客厅》的小说。

五

1930 年秋天，梁思成和林徽因到刚成立不久的中国营造学社工作。他们的家，在位于北平北总布胡同 3 号的四合院。

当时北平的文化界，流行家庭文化沙龙。每逢周末，清华、北大、燕大等名校的教授和学者们，纷纷来到林徽因家，如胡适、沈从文、徐志摩、金岳霖、钱端升、周培源、朱光潜、费正清……可谓"谈笑有鸿儒，往来无白丁"。

集智慧与美貌于一身的林徽因，很快就成了焦点。林徽因家的客厅，也俨然成了"京派"文化圈的中心。

谢婉莹很少参加这样的聚会，也看不惯林徽因被众人追捧的局面。1933 年 10 月，她在天津《大公报》文艺副刊上发表小说《我们太太的客厅》。小说中这样写道："我们的太太自己虽是个女性，却并不喜欢女人。她觉得中国的女人特别的守旧，特别的琐碎，特别的小方……我们的太太从门外翩然的进来了，脚尖点地时是那般轻，只是年光已在她眼圈边画上一道淡淡的黑圈，双颊褪红，脸庞儿不如照片上那么丰满，腰肢也不如十年前'二九年华'时的那般软款了……"

明眼人一眼就可以看出，这似乎是意有所指。有好事者，还将林徽因、梁思成、徐志摩、金岳霖等人一一对号入座。

聪明如林徽因，当然十分明白。当时，她刚好从山西调查庙宇回来，就派人将一坛山西陈醋送给谢婉莹。两人之间的"火药味"

已经十分明显。

后来，直到林徽因于 1955 年去世，两人之间的关系，一直是淡淡的。

六

林徽因和谢婉莹之间的"文人相轻"，总让我想起三国时代的诸葛孔明和周公瑾。周瑜的那声仰天长叹——"既生瑜，何生亮"，用在谢婉莹身上，似乎也有些贴切。这样说，并不是"扬林抑谢"，而是觉得当谢婉莹写《我们太太的客厅》时，或许有意无意间忽视了林徽因在"客厅之外"的那一面。

其实，林徽因的魅力，远远不止在客厅。

儿子梁从诫说："父亲写了研究中国古代建筑必读的重要工具书《清式营造则例》，母亲为该书写了序言。这本书和这篇序言，已成为这个领域中所有研究者必读的文献。"

女儿梁再冰说："现在的人提到林徽因，不是把她看成美女，就是把她看成才女。实际上，我认为她更主要的是一位非常有社会责任感的建筑学家。"

七

20 世纪 30 年代，中国对古建筑的研究几乎是空白，日本学者甚至断言中国没有唐代古建筑。梁思成、林徽因夫妇立志要用现代科学技术系统研究中国古建筑。

从 1930 年到 1945 年，他们用脚步丈量中国，到过 15 个省、190 多个县，考察测绘了 2738 处古建筑物。河北赵州大石桥、山西应县木塔、五台山佛光寺等很多古建筑，就是通过他们的考察，才被全国乃至世界认识的。

1932 年，林徽因曾写信给胡适说："这种工作在国内甚少人注意关心，我们单等测绘详图和报告印出来时，让日本鬼子吓一跳，省得他们目中无人，以为中国好欺侮。"

1937 年，日本侵华战争全面爆发，北平沦陷。林徽因和家人颠沛流离，辗转湘、桂、滇、川。途中，林徽因感染了肺病，健康状况每况愈下。但是，即使贫病交加，她仍在病榻上坚持工作，用了几年时间，帮助梁思成反复修改并最后完成了《中国建筑史》和《图解中国建筑史》，实现了他们早在学生时代就已确立的学术夙愿。

八

林徽因取得的每一项成绩，都是以健康为代价的。

1945 年，抗战胜利。美国医生诊断她的生命大概只剩五年。林徽因却并不介怀，认真思考战后建设低租住房的问题。

1946 年，费正清夫妇邀请她去美国治病，她拒绝了。她说，她不愿意离开祖国，她要与自己的同胞同呼吸、共命运。梁思成也支持她的决定，尽管他们知道这意味着什么。

1949 年初，一天，有两位解放军来到梁、林家中，请梁思成在一幅大比例的北京军用地图上，用红笔圈出一切重要的文物古迹的位置，以便在大军万一被迫攻城时尽一切可能予以保护。这一刻，这对以中国古建筑为第二生命的夫妻，感动得热泪盈眶。从此，他们把自己的命运和共和国的命运紧密联系在了一起。

九

1949 年 10 月 1 日，梁思成受邀到天安门城楼参加开国大典。
回到清华园的当晚，他告诉林徽因，当他听到毛主席那一声开天辟
地的宣言时，他激动地哭了。林徽因同样为中华人民共和国的成立
而激动不已。

为中华人民共和国设计国徽图案，是她心中最光荣、最神圣的
任务。连续几个月，她呕心沥血，一次次参与修改设计。在全国人
民代表大会讨论国徽图案的会议上，当全体代表以起立方式一致通
过她参与设计的国徽图案时，一行热泪顺着她消瘦的脸颊悄然滑落。
此时的她，已经虚弱得几乎不能从座椅上站起来了。

1955 年 3 月，带着许多未完成的心愿，林徽因走到了生命的
终点。她被安葬在八宝山革命烈士陵园内。墓碑上，镌刻着一簇有
着浓厚民族艺术风格的汉白玉花圈。这原是她为人民英雄纪念碑设
计的碑座上的一个刻样。

十

由于战乱和病痛，林徽因的健康过早地被严重损害了。尤其是
生命的最后几年，她几乎缠绵病榻。她的才华和学问，一直没有得
到充分施展。这是她的遗憾，更是世人的遗憾。

"温柔要有，但不是妥协。我们要在安静中，不慌不忙地坚强。"
当年，在一片关于《我们太太的客厅》的喧嚣声中，林徽因依然淡
淡地说着。

今天，在她去世半个多世纪后，对她最好的怀念，或许就是认
真地了解她，了解一个真实的林徽因。

将门之后之一：岁月从不败美人

我喜欢看晚清以及民国时期的人物传记，对那段历史心存好奇。那些人，那些事，仿佛一张张斑斑驳驳的老照片，在时光深处闪闪烁烁，耐人寻味。

识时务者为俊杰，通机变者为英豪。

穷则独善其身，达则兼济天下。

遥想那被时代的车轮碾压得烽烟四起的乱世，又有多少人识时务，通机变？多少人独善其身、兼济天下？

对一段历史的好奇，一定是从对这段历史中的人物的好奇开始的。

当我读了清末重臣张树声、张佩纶、陈宝箴以及他们后代的故事，忽然有了写一个"将门之后"系列故事的冲动。

故事就从张树声开始吧。

一

张树声，出生于1824年，安徽合肥人，清末淮军将领，比李鸿章小一岁。

1882 年，原任直隶总督兼北洋大臣的李鸿章，因为母亲病故，回乡守丧，由他的同乡兼老部下、时任两广总督的张树声代理直隶总督。两人的交情，可见一斑。

不过，让我对张树声感兴趣的，不是他带兵打仗、处理政务方面的才能，而是他的开明和与时俱进。他一直提倡"采西人之体，以行其用"，在清末重臣中属于开明派代表人物。这份开明成了张家的家风。

张树声有九个儿子，其中，张云端膝下无子，五房的张武龄就被过继给张云端。张武龄四个月时，正好张云端要上任四川川东道台，他就乘船同去。船日夜行驶在惊涛骇浪中，巨大的声响伤害了婴儿的耳膜，张武龄从此终生听力不好。

听力不好的张武龄，一生嗜书如命、与书为伴。他对书的热爱，让他不知不觉中培养出了四个优秀的女儿。有多优秀呢？用苏州老乡叶圣陶的话说："九如巷张家的四个才女，谁娶了她们，都会幸福一辈子。"

二

张家的四个女儿和四个女婿，简直照亮了民国文化圈。

大女儿张元和，喜爱文学，嫁给了昆曲名家顾传玠；二女儿张允和，和"汉语拼音之父"周有光结为伉俪；三女儿张兆和，被作家沈从文大胆追求，二人的爱情故事成为一段佳话；四女儿张充和，是四姐妹中最有才华的一个，工诗词，擅书法，精通昆曲，在多个领域达到了常人难以企及的高度，后来远嫁美国耶鲁大学汉学家傅汉思，于 2015 年在美国去世，享年 102 岁。

张武龄祖上在合肥，四姐妹为何在苏州长大？张武龄教女，有何秘诀？

三

合肥张家有万顷良田，仅在张武龄名下，每年就有 10 万担租，是典型的大地主家庭。这种衣食无忧的富家子弟，很容易染上抽鸦片、赌博、娶姨太太等嗜好，但张武龄出淤泥而不染，洁身自好，痛恨赌博，不吸烟，不喝酒，不玩牌。他最大的爱好是看书。从小嗜书如命的他，接触了不少新思想，深知教育，尤其是女子教育的重要性。

他担心久居合肥会让自己的子女受到陈旧积习的污染，于是举家迁往上海，后到苏州。合肥张家的这一支，从此定居苏州。

四

"五四"运动后，随着"德先生""赛先生"传入中国，张武龄决定倾其所有家产，致力于办教育以强国。

1921 年，他独资兴办苏州乐益女中，并亲自担任校长。定名"乐益"，取"乐观进取，裨益社会"之意，强调办学是"以适应社会之需要，而为求高等教育之阶梯"。因为志同道合，他和绍兴人蔡元培、蒋梦麟等教育家，成了要好的朋友。

张武龄希望女儿们，作为新时代的女性，能走出家门，成就一番事业。有意思的是，他为女儿们取的名字中，都有一个"儿"字，象征着"一双健康有力能走天下的脚"。

张家四姐妹的成长，很大程度上，得益于父亲爱看书的习惯。

张家的藏书之多、之杂、之新,在苏州是出了名的。大女儿元和曾回忆说:"父亲最喜欢书,记得小时候在上海,父亲去四马路买书,从第一家书店买的书丢在第二家书店,从第二家买的书丢在第三家书店……这样一家家下去,最后让男仆再一家家把书捡回来。我们住的饭店的房间中到处堆满了书。"

苏州的闹市观前街上,有两家规模较大的书店。老板伙计都与张家很熟。书店只要进了新书,就会整捆地送到张家,逢年逢节由管家结账。

当时苏州的缙绅富户不少,但像张武龄这样富在藏书、乐在读书的人,并不多见。

最是书香能致远。在书香中长大的四姐妹,经历了从传统到现代的蜕变,兰心蕙质、才华横溢,是民国时期名副其实的"女神"。

五

沈从文追求张兆和的故事,就是一段佳话。

1928 年,来自湘西凤凰的小说家沈从文,在校长胡适的邀请下,来到中国公学任教。这一年,沈从文 26 岁。在学生眼中,他称不上"尊敬的老师",只是会写白话文小说的青年人而已。

这一年,张兆和 18 岁,是中国公学校花级的人物。

有一天,张兆和忽然收到一封薄薄的信,是老师沈从文写来的。信中只写了一句话:"我不知道为什么忽然爱上你。"张兆和没有回信,接着是第二封、第三封……在男女之情上,这位刚出道的小说家有一种湘西人的执着和坦率。信写得越来越多,越来越长,越来越大胆,张兆和终于受不了了。

她向校长胡适告状:"沈老师这样给学生写信可不好。"

没想到，胡校长很郑重地对她说："我知道沈从文顽固地爱你！"

张兆和脱口而出："我顽固地不爱他！"

六

后来，和所有"有情人终成眷属"的故事一样，在沈从文的痴情追求下，在胡校长的牵线搭桥下，在父母的支持下，在兄弟姐妹的撮合下，1933 年 9 月 9 日，张兆和终于嫁给了沈从文。

新婚不久，因母亲病危，沈从文回故乡凤凰探望。他在颠簸的船舱里给远在北平的张兆和写信："我离开北平时还计划每天用半个日子写信，用半个日子写文章，谁知到了这小船上却只想为你写信，别的事全不能做。"

爱情是文学的天然催化剂。"我行过许多地方的桥，看过许多次数的云，喝过许多种类的酒，却只爱过一个正当最好年龄的人……"

沈从文写给张兆和的情诗，已成经典。

婚后不久，沈从文写出了他最伟大的小说《边城》。小说中那美丽纯洁的湘西女子翠翠，有着张兆和或浓或淡的影子。

此后，沈从文所写的很多小说里，都有张兆和的影子。

七

和三个姐姐不同，张充和嫁给了美国汉学家傅汉思，并于 1949 年随夫君赴美。此后，她一直在哈佛、耶鲁等多所大学传授书法和昆曲，一生致力于弘扬中华传统文化，被誉为"民国最后一位才女"。

在她的众多仰慕者中，"新月派"诗人卞之琳是最执着的一位。

1935 年 10 月，他写了一首题为《断章》的小诗，送给 22 岁的张充和：
"你站在桥上看风景，看风景的人在楼上看你。明月装饰了你的窗子，你装饰了别人的梦。"

这首后人眼中的哲理诗，原来只是一首向心上人表达爱意的情诗。

忽然想到，感叹"谁娶了她们都会幸福一辈子"的叶圣陶，或许也曾心仪张家四姐妹中的一个。

若有诗书藏在心，岁月从不败美人。谁让张武龄培养的四个女儿如此美好呢！或许，留点念想，也是好的。

将门之后之二：生命是一袭不完美的袍

一

与曾国藩、张之洞、左宗棠并称为"中兴四大名臣"的安徽合肥人李鸿章，子嗣并不兴旺，膝下只有两个儿子、两个女儿。

李鸿章很疼女儿。大女儿叫李菊耦，小女儿叫李经溥。不知为何，他为女儿们挑的夫婿，似乎都不咋理想。大女儿李菊耦嫁给比她大二十几岁的人做了填房，年纪轻轻就开始守寡；小女儿李经溥嫁给比她小六岁的人，一辈子都被嫌弃老。

二

李菊耦这个名字，如果单独拎出来，恐怕很少人知道。但她除了有一个有名的老爸，还有一个有名的孙女，那就是张爱玲。张爱玲的爷爷，就是李鸿章亲自挑选的女婿——"清流健将"张佩纶。

李菊耦作为相门千金下嫁张佩纶，在当时很多人看来，似乎有些委屈。甚至连李菊耦的母亲赵小莲，也不同意这门婚事。但最后，李菊耦自己点了头，因为"爹爹眼力必定不差"。

1888年11月，李菊耦嫁入了张家。15年后，即1903年，张佩纶去世，菊耦38岁，开始守寡。

张爱玲后来看到一张奶奶中年时的照片，"阴郁严冷"。

菊耦似乎有一种朦胧的女权主义，让女儿张茂渊着男装，称少爷，将来婚事能自己拿主意。

三

这一拿主意，确实拿大了。

张茂渊才貌双全。25岁那年，在去英国的游轮上，认识了青年才俊李开弟。两人一见钟情，相见恨晚。

"赠君明珠双泪垂，恨不相逢未嫁时。"和唐代诗人张籍的《节妇吟》中略有不同的是，婚约在身的，不是张茂渊，而是李开弟。

不愿让别人痛苦的他们，将这段感情埋在了心底，相约来生。张茂渊从此再也没有爱过别人，几乎单身大半辈子。她最亲近的人，似乎是侄女张爱玲。张爱玲在书中多次提到，很长时间里，她和姑姑张茂渊住在一起。

直到张茂渊78岁那年，李开弟的老伴去世，这对古稀老人才终于走到了一起。

四

或许受李菊耦的女权主义的影响，张家的女人比男人有出息。

李菊耦的儿媳、张爱玲的母亲黄素琼，不愿像金丝雀一样被关在笼中，不甘心在暮气沉沉的大家庭中终老。于是，她大胆冲破婚姻，到海外求学，去国外打拼。她自食其力，沐浴着欧风美雨，一度做过印度著名政治人物尼赫鲁的姐姐的秘书，也是一个奇女子。

张爱玲的母亲和姑姑都大胆出走了。暮气沉沉的旧式家庭中，只剩下父亲、张爱玲和她的弟弟。

父亲张廷众是典型的纨绔子弟，是一个被优渥的物质豢养得丧失了生活能力的公子哥。黄素琼离家后，张廷众娶了时任北京政府国务总理的孙宝琦的七女儿孙用蕃为妻，即张爱玲书中多次提到的继母。孙用蕃和张廷众的共同爱好是躺在床上吸鸦片。

这样的家庭环境，对张爱玲和弟弟张子静的伤害是深远的。张子静终身未娶，张爱玲的爱情和婚姻，也是一个彻底的时代悲剧。

五

张爱玲和胡兰成之间的恩恩怨怨、是是非非，说来话长。

张爱玲能写出《倾城之恋》《半生缘》《色戒》等让人百转千回的爱情故事，却无法在现实世界里获得足够的爱。童年时得不到父母之爱，成年后无法拥有稳定的爱情。在爱的世界里，她始终爱而不得，是一个孤独的受伤者。

我曾去过诸暨斯宅，站在那座有康有为亲笔题写"汉斯孝子祠"的小洋房前，遥想 1945 年张爱玲不远千里，从上海寻夫至此时，是怎样的心情？

张爱玲看错了人，也爱错了人。一切已成过眼云烟。

张爱玲独自乘船回上海。淅淅沥沥的雨水，混杂在泪水中，将一代才女的爱之繁花打落得残红遍地……

她叹息："从此以后，我将只是萎谢了。"

六

张爱玲曾写过一篇《天才梦》，对没落的旧式大家庭的生存方式做了一个比喻："生命是一袭华美的袍，爬满了虱子。"金玉其外，败絮其中。张爱玲及其父辈的生活，表面上看起来风光无限，其实早已破败不堪。

问题的根源，主要在张爱玲的父辈上，特别是张爱玲的父亲张廷众。如果他能像苏州九如巷张家四姐妹的父亲张武龄那样，顺应时代的变革，给子女良好的教育和温暖的家，那么张爱玲和弟弟张子静的人生，一定不至于如此凄冷。

一个有爱的童年，可以奠定一生的幸福。

将门之后之三：前行者总是孤独的

一

清末重臣、维新派政治家、湖南巡抚陈宝箴的后代，又是另外一番气象。

陈宝箴出生于1831年，江西客家人，比张树声小7岁，比张佩纶大17岁，他们是同时代人。

他1851年参加乡试，中举人，文才、韬略和办事能力深为两湖总督曾国藩所赏识。

1894年，中日甲午战争爆发。光绪皇帝召见陈宝箴，和他探讨战守方略。陈宝箴所言甚合帝意。

1895年4月，《马关条约》签订后，陈宝箴为国家的危难痛心疾首，上疏时局利弊得失，同年升任湖南巡抚。

二

陈宝箴决心以开发湖南、"变法开新"为己任。他是地方督抚中唯一倾向维新变法的实权派风云人物。

他锐意整顿，设矿务局、铸币局、官钱局，兴办电信、轮船及制造公司，创立南学会、算学堂、时务学堂，支持谭嗣同等刊行《湘学报》《湘报》，使湖南成为全国维新风气最浓的省份。

陈宝箴因此被光绪帝称为"新政重臣"的改革者。

20 多年后，1919 年，"五四"运动爆发。在长沙修业小学当历史老师的湖南青年毛泽东，创办了《湘江评论》。

1919 年的《湘江评论》，和 1895 年的《湘学报》《湘报》，其实一脉相承。

"敢开风气之先"的精神，其来有自。

三

前行者是孤独的。

1898 年 9 月 21 日，慈禧太后等发动戊戌政变，光绪帝被囚至中南海瀛台。康有为、梁启超分别逃往法国、日本，"戊戌六君子"谭嗣同、康广仁、林旭、杨深秀、杨锐、刘光第被杀于京城菜市口，历时 103 天的维新变法失败。

陈宝箴以"滥保匪人"之罪被罢黜，永不叙用。其子陈三立，也以"招引奸邪"之罪一并被革职。

1898 年冬天，对陈家来说，一定是最寒冷无情的。被罢免的陈宝箴、陈三立父子，带着家眷，离开湖南巡抚任所，回到江西老家。

一年多后，1900 年 7 月 22 日，陈宝箴猝然去世。陈三立悲痛地对外宣称，家父"忽以微疾卒"。

20 世纪 80 年代，有历史学家发表《陈宝箴之死的真相》，披露了慈禧太后派人将陈宝箴赐死的真相。

这位孤独的改革者，最终也未能逃脱魔掌。

四

陈宝箴的"敢开风气之先",像一个精神密码,遗传给了一代代陈家后人。

陈宝箴、陈三立、陈衡恪、陈寅恪、陈封怀等四代陈家人,被后人称为"陈氏五杰"。

"陈氏五杰"不是徒有虚名。儿辈中,陈三立是近代同光体诗派的重要代表人物,被誉为中国最后一位传统诗人,与谭嗣同、徐仁铸、陶菊存并称"维新四公子"。孙辈中,陈衡恪,又名陈师曾,是近现代著名画家。陈寅恪是20世纪中国最负盛名的集历史学家、古典文学研究家、语言学家、诗人于一身的百年难见的人物,其史学成就与研究方法,至今无出其右者。曾孙辈中,陈封怀是著名植物学家,中国植物园创始人之一,有"中国植物园之父"之美誉。

五

"敢开风气之先"不仅体现在救亡图存上,也体现在学术研究上。比如孙辈陈寅恪。他代表着史学研究中无法企及的高度,让后人"高山仰止,景行行止"。曾任北京大学代理校长的傅斯年说:"陈先生的学问,近300年来一人而已!"他与叶企孙、潘光旦、梅贻琦一起被列为清华大学百年历史上的四大哲人,与吕思勉、陈垣、钱穆并称为"前辈史学四大家"。

中华人民共和国成立后,他在中山大学任教。全国评定教授级别,他被评为一级教授,而岑仲勉、刘节、梁方仲等历史学家,只能评为二级教授。

他是众望所归的"教授中的教授"。

六

我第一次听到陈先生的大名，是在大学一年级的中国魏晋隋唐史课堂上。教我们这门课的是韩昇老师，他非常推崇陈先生，多次提到陈先生的《隋唐制度渊源略论稿》《唐代政治史述论稿》《柳如是别传》等经典著作。

陈先生为何能成为史学界中难以企及的高度？因为他继承了祖父陈宝箴、父亲陈三立的"敢开风气之先"的精神。他在治学之路上始终保持了"独立之精神，自由之思想"。

1902 年，12 岁的陈寅恪随哥哥陈衡恪东渡日本求学。此后，直至 1924 年，他先后辗转于日本、德国、瑞士、法国、美国等国的知名学府，研究语言文字。语言天赋惊人的他，精通十几种语言，尤以梵文和巴利文特精。

文字是研究史学的工具，陈寅恪本就国学基础深厚，又利用语言优势大量吸取西方文化，学贯中西，融会贯通，故其见解多为国内外学人所推重。

1925 年，陈寅恪回国。1926 年，36 岁的陈寅恪，与梁启超、王国维一同应聘为清华大学国学研究院导师，并称"清华三巨头"。当时的研究院主任吴宓很器重他，认为他是"全中国最博学之人"。

七

1929 年，清华国学院停办，陈寅恪任清华大学历史、中文、哲学三系教授兼中央研究院理事、历史语言研究所第一组组长、故宫博物院理事等职。

1930年，山东才子季羡林考入清华大学，入西洋文学系。

当季羡林遇见陈寅恪，两位同样具备语言天赋的天才，就有了一段珍贵的师生缘。

季羡林在晚年撰文回忆恩师寅恪先生。他说："入学不久，旁听了寅恪先生的佛经翻译文学课，参考书用的是《六祖坛经》……寅恪师讲课，同他写文章一样，先把必要的材料写在黑板上，然后再根据材料进行解释、考证、分析、综合，对地名和人名更是特别注意。他的分析细入毫发，如剥蕉叶，愈剥愈细，愈剥愈深，实事求是，不武断，不夸大，不歪曲，不断章取义。读他的文章，听他的课，是一种无法比拟的享受。寅恪师这种学风，影响了我的一生。"

季羡林无意中旁听寅恪先生的课的经历，对他后来去德国哥廷根大学学习梵文、巴利文、吐火罗文有着决定性影响。

坚持"独立之精神，自由之思想"的陈寅恪，和他的父亲、祖父一样，最终也是孤独的。但这份孤独，有其不可磨灭的价值。

八

清末重臣张树声、张佩纶、陈宝箴，年纪相仿，地位相当。他们的后代，都是将门之后。世事更迭，他们有的秉承良好的家风，人才辈出；有的故步自封，不进则退；有的沾染恶习，步步沉沦……历史给了他们选择的机会，他们做出了不同的选择。

选择的背后，是什么？

选择的结果，是什么？

这一个个疑问，可以吸引我们在历史长河里一直追寻。或许，这就是历史永恒的魅力。

五、当代风华

是什么成全了武大的樱花?

一

武汉大学的樱花,一直是一个传说。天下樱花千千万,可为什么独独武汉大学的樱花可以成为一个传说?

当我站在武汉大学校园中的樱花大道,抬头仰望那开得如火如荼、云蒸霞蔚的樱花时,似乎找到了答案。

二

初中时,喜欢看一本杂志,杂志上连载了毕业于武汉大学的作家池莉写给女儿的一本书《怎么爱你都不够》。书中,她多次提到了让她念念不忘的武汉大学。

或许,从那时起,我心目中的武大就很美,美在珞珈山,美在东湖水。

后来,到厦门大学读书。高校学子中,一直流传着这样一个说法:武大和厦大,是全国最美的两所大学。厦大面朝大海,春暖花开;武大珞珈山高,东湖水清。因此,对于武大,我一直很神往。

不止于此。让我对武大多了一重期待的，还有武大的樱花。每到樱花季节，去武大看樱花，似乎成了我心头的一个约会。

三

只为了看一眼武大的樱花，我选择了一趟说走就走的旅行。从心动到行动，其实只在刹那。在高铁上度过五个小时后，我站在了武大的樱花大道上。

身临其境，我才真正体会到，什么叫"只一眼，就惊艳"。那开得酣畅淋漓、如痴如醉的樱花，那一阵风来就纷纷扬扬的樱花雨，真正让我惊到了。让我惊到的，不仅仅是樱花本身，也不仅仅是珞珈山和东湖水，而是武大校园中保存完好的百年建筑。

这些建筑是一种可以穿越时空的优雅的存在。当我久久凝视掩映在樱花丛中的古朴建筑，想象推开那扇红漆木窗的刹那，满眼的樱花，该是一种怎样的美丽！脑海里，缓缓飘过了从乌镇走出去的诗人木心的那首诗——《从前慢》："从前，书信很慢，车马很远，一生只爱一个人。"

四

武大的历史，可以追溯到 1893 年。

1893 年 11 月 29 日，湖广总督张之洞向光绪帝上奏，在武昌三佛阁大朝街口创办武昌自强学堂。设方言、算学、格致、商务四门，专门培养外语和商务人才，每门招生 20 人。自强学堂是中国近代教育史上第一所真正由中国人自行创办和管理的新式高等专门学堂，可以说揭开了近代湖北教育的序幕。

1911 年，辛亥革命在武昌爆发。一部中华民国史，武汉在其中占据的地位和分量，值得我们对武汉这座城市细细打量。

1913 年，自强学堂改名国立武昌高等师范学校。1926 年，国立武昌高等师范学校与五所院校合并为国立武昌中山大学（又称国立第二中山大学）。1928 年，国民政府以原国立武昌中山大学为基础，正式改建定名为国立武汉大学。

让人惊艳的武大百年建筑，正是建于 20 世纪二三十年代。

据说，武大目前的珞珈山校址，是著名地质学家李四光通过地质勘查选定的。不仅是选地址，当时担任中央研究院地质研究所所长的李四光，还从上海请来了国际一流的美国建筑师凯尔斯，担任校园建筑规划的总设计师；请来湖南大学土木工程系的缪恩钊教授做监理工程师。缪恩钊毕业于清华大学，曾留学美国麻省理工学院和哈佛大学，是一位优秀的建筑专家，也是一流的监理工程师。

五

珞珈山上那十余幢古朴典雅、玲珑秀美的建筑，从设计到施工，再到全部落成，足足用了十年时间。这十年间，李四光身兼三职：中央地质所所长、北京大学地质系教授和武大"建委会"委员长。

如果没有那十年的数易其稿、精心打磨，百年后的我们一定看不见这一栋栋流光溢彩的经典建筑。那墨绿色的琉璃瓦，映衬着本色的砖木纹理，既有东方的典雅，又有西方的复古。

每一处建筑，都和地势完美融合——依山而建，临水而居，拾级而上，层峦叠嶂，宛如一幅古今交融、中西合璧的绝美画卷，镶嵌在葱茏叠翠的珞珈山麓，历经百年的腥风血雨，依然风姿绰约。

在珞珈山新校舍举行的开学典礼上，时任武汉大学校长的王世杰说："12 年前，我和李四光在回国途中曾经设想，要在一个有山有水的地方建设一所大学，今天，这个愿望实现了。"

六

武大的樱花，并不是一开始就有的。1939 年春天之前，校园内并没有樱花。

1939 年，武大沦陷于侵华日军的铁蹄之下。日军从本国运来樱花树苗，在武大珞珈山校园里种下了最早的一批樱花树。那批樱花树上，流淌着的是我们的国耻和国难。

34 年后，1973 年，日本友人赠送给周恩来总理 20 颗"山樱花"（又名"福岛樱""青肤樱"等），几经辗转，转赠武大，由学校栽植于珞珈山北麓的半山庐前。

1989 年春，武汉大学还从东湖磨山植物园引进了原产于我国云南的"红花高盆樱"16 株，栽植在校医院旁。

1992 年，在纪念中日友好 20 周年之际，日本对华友好人士赠送"日本樱花"树苗约 200 株，栽植于武大人文科学馆东面的八区苗圃。

如今，武大校内的樱花树，约有 1000 多株，以日本樱花、山樱花、垂枝大叶早樱和红花高盆樱等四种为主。

七

天下樱花千千万，可为什么独独武汉大学的樱花，可以成为一个传说？我的答案是，

武大的樱花，从来都不是单独的存在。

武大樱花的美，是和武大跨越百年的建筑交相辉映后才有的美。如果没有了这份历史和人文的沉淀，武大的樱花还有灵魂吗？而没有了灵魂的樱花，在哪不都一样了吗？历史和建筑，一起成全了武大的樱花。中国近代史的光荣与屈辱、苦难与辉煌，是可以从这一朵朵悄然绽放的樱花中读懂一二的。

至少，我们必须牢记那些我们应该牢记的过往。

从"相濡以沫"到"相忘于江湖"

一

有人的地方，就有江湖。有江湖的地方，就有爱恨情仇。

世界上有两种可以称之为浪漫的爱，一是"相濡以沫"，二是"相忘于江湖"。

20世纪八九十年代，海峡两岸刮起了两股热潮，一是金庸，二是琼瑶。一位是笑傲江湖很多年的"武林盟主"，一位是赚尽天下人眼泪的"言情女王"。"相濡以沫"的静好，"相忘于江湖"的豪阔，都被他们写尽了。

他们的真实人生，远比小说更精彩。或者说，是真实人生的悲欢离合，成就了他们的笔下人生。

二

琼瑶，原名陈喆，1938年4月出生于四川成都，祖籍湖南衡阳。父亲陈致平，是历史学家。母亲袁行恕，是中国银行业之父、交通银行的第一任行长袁励衡之女。

1949 年，琼瑶随父母到台湾。因为颠沛流离，她几乎没接受过正规的小学教育，中学成绩也是勉勉强强，最终未能考上大学，让父母很失望。弟弟妹妹个个优秀，偏偏自己不成材。备受家人冷落的琼瑶，急于逃离父母。于是，她选择了早婚。

不料，草率的婚姻不如人意。丈夫终日抱怨怀才不遇，自暴自弃，沉溺于赌博不可自拔。孩子出生后，日子过得越来越拮据，只能靠琼瑶拼命写小说维持生计。

1963 年，25 岁的她第一次以"琼瑶"为笔名在《皇冠》杂志发表自传体长篇小说《窗外》。《窗外》其实就是琼瑶本人的初恋故事——一个 18 岁的高中女生和她的国文老师之间的师生恋。

此后，她的 50 多部爱情小说中，或多或少都有她自己的影子。

三

《窗外》的出版，可以说改变了琼瑶的人生，因为她认识了今生最重要的伯乐——《皇冠》杂志主编平鑫涛。

平鑫涛对琼瑶有知遇之恩。生活窘迫的日子里，琼瑶曾将《窗外》多次投稿，却多次碰壁。直到寄给《皇冠》杂志，慧眼识珠的主编平鑫涛，才当即拍板，全文刊登。

1964 年 1 月，平鑫涛邀请居住在高雄的琼瑶到台北做一期关于《窗外》的电视访谈节目。那是伯乐和才女的第一次见面。琼瑶从高雄到了台北，平鑫涛亲自到火车站接她。

那天，琼瑶穿了一身黑衣，本就身材娇小的她，夹杂在一群旅客中，很不起眼。然而，她一下火车，一位风度翩翩的男士就一眼认出了她，用肯定的语气说："你就是琼瑶吧。"

琼瑶问他："你怎么能认出我来？"

他笑道:"从《窗外》认识了你,从《六个梦》认识了你,从《烟雨蒙蒙》认识了你。"

四

之后的故事,就像琼瑶的很多小说中写的那样,男女主角一见钟情、相见恨晚。

1979年5月9日,41岁的琼瑶和52岁的平鑫涛,在相识15年后,终于在台北结婚。

婚礼很俭朴,琼瑶没有穿婚纱,只在胸襟上别了一朵兰花。她希望两个人能简简单单地过日子,彼此扶持,共度余生。

如果读完琼瑶的50多部小说,会发现她在1979年前后创作的小说,风格发生了很大变化。曾经的琼瑶,对爱情故事中的第三者有一种同情和怜悯。后来的琼瑶,更加维护家庭的稳定和谐,赞美琴瑟和鸣的美好婚姻。

如果抛开道德不谈,单从琼瑶和平鑫涛结婚后在事业上取得的更大成就来看,他们确实是彼此的最佳伴侣。平鑫涛是皇冠杂志社和皇冠出版社的掌门人。在他的全力支持和策划下,琼瑶的小说一部接一部被搬上荧屏,风靡华语世界几十年。

婚后的日子里,平鑫涛始终是最懂琼瑶的欣赏者、支持者。他说,琼瑶一旦开始动笔写作,就完全进入闭关状态。一个人躲进书房,不眠不休,不吃不喝,且不允许旁人去打搅她。每写完一个故事,整个人都像虚脱了一样。说起这些,平鑫涛的眼里,是对妻子满满的欣赏和理解。

晚午的琼瑶,依然一头利落的短发,面色红润,脸上挂着微笑。她的真实人生,远比她笔下那些撕心裂肺的爱情故事幸福得多,圆满得多。

五

世界其实很小。琼瑶的三舅袁行云，娶了金庸的堂姐查良敏。因此，金庸比琼瑶大一辈。

金庸，原名查良镛，1924 年 3 月出生于浙江海宁袁花镇。海宁查家是名门望族，几百年来名人辈出，据说仅进士就有 22 位。清代康熙年间，更是创造了"一门十进士、叔侄五翰林"的科举神话。康熙赞其家族为"唐宋以来巨族，江南有数人家"。

1914 年，袁花镇的新郎查枢卿娶了硖石镇的富商千金徐禄。夫妇二人生育了良铿、良镛、良浩、良栋、良钰等五子二女。老二查良镛，即为金庸。金庸的母亲徐禄，是徐志摩的父亲徐申如的堂妹，是徐志摩的姑妈。

金庸曾回忆，小时候，他随父母到表舅徐申如家做客，见过才华横溢的表哥徐志摩。当时徐志摩已从英国留学回来，在剑桥大学写的《再别康桥》已风靡大江南北。

1931 年 11 月 19 日，徐志摩遇难，查家以挽联"司勋绮语焚难尽，仆射余情忏较多"表示沉痛的哀悼。

六

金庸的 14 部武侠小说，从《书剑恩仇录》到《鹿鼎记》，到处都有让英雄气短的爱恨情仇。他心目中的理想爱情是怎样的？他回答："最好是一见钟情，从一而终，白头偕老。"

在文坛上"笑傲江湖"的金庸，情场上却多悲苦失意。金庸一生中有过三段婚姻，而有缘无分的夏梦，一直在他生命中占有独特的位置。他笔下的小龙女、王语嫣等女子身上，有太多夏梦的影子。

1953 年，金庸结束了与第一任妻子杜治芬的婚姻，处于感情的空窗期。一个偶然的机会，他邂逅了香港长城影业公司的著名影星夏梦。

夏梦，原名杨濛，1933 年 2 月出生于上海，比金庸小 9 岁。

夏梦到底有多美？名导演李翰祥赞叹她是中国电影史上最漂亮的女明星。金庸是这样描述她的："西施怎样美丽，谁也没见过，我想她应该长得像夏梦才名不虚传。"为了能和夏梦朝夕相处，当时已名满香江的大才子金庸效仿唐伯虎入华府，委身于长城影业，心甘情愿当一名小编剧。他为夏梦量身打造了《绝代佳人》《午夜琴声》《有女怀春》等电影剧本。

然而，早在认识金庸前的几个月，夏梦已和毕业于圣约翰大学的富商林葆诚订婚。金庸的这段苦恋，注定没有结果。被夏梦明确拒绝后，金庸黯然神伤地离开了长城影业，怀着失恋的痛苦创作了《神雕侠侣》。

小龙女的一颦一笑，不就是夏梦吗？对金庸而言，小龙女是那样遥不可及。他不得不感叹："念枉求美眷，良缘安在？"

1956 年，金庸和记者、才女朱玫结婚。1959 年，夫妇二人用仅有的 8 万港币积蓄创办《明报》。很多人不看好《明报》，但金庸凭着他的一支如椽妙笔，在《明报》上一口气发表了《神雕侠侣》《倚天屠龙记》《鸳鸯刀》等佳作，从此奠定了《明报》在香港的地位。

七

不过，金庸对夏梦的关注，从未停止。

《明报》创办不久，夏梦曾有过一次长时间的国外旅游。他特地在《明报》开辟专栏《夏梦游记》，一连十多天刊登夏梦写的旅游随笔。

1967年，夏梦拍完《迎春花》后，告别银幕生涯，举家移居加拿大。这本是一件很平常的事，金庸却在《明报》头版做全版报道，实属罕见。不仅如此，他还特地写了社评《夏梦的春梦》，称赞夏梦"真善美"，引用宋词道："去也终须去，住也不曾住。他年山花插满头，莫问奴归处。"

比金庸早出生47年的海宁老乡、著名学者王国维在《人间词话》中说，做学问有三层境界，如用它来形容金庸对夏梦的感情，也极妥帖。一开始是"昨夜西风凋碧树，独上高楼，望尽天涯路"；整个过程是"衣带渐宽终不悔，为伊消得人憔悴"；只可惜，最后是"蓦然回首，那人却在灯火阑珊处"。

夏梦移居国外后，金庸创作了《笑傲江湖》。他当时的心情，正如令狐冲说的那句话："想我令狐冲苦恋小师妹，天下皆知，又何必故作掩饰，那倒显得矫情了。"

八

1969年，夏梦和丈夫返港。夏梦不再拍戏，和丈夫一起经营制衣厂。

1972年，金庸的《鹿鼎记》连载完毕。48岁的金庸宣布挂印封笔，挥别"侠的世界"。

1979 年，夏梦重返阔别十多年的电影圈，创办青鸟影业公司，亲自担任总监制，投拍电影《投奔怒海》，请金庸帮忙想电影片名。历经岁月更迭，金庸对夏梦的关注，一直不曾改变。当然，此时的金庸，应已"君子坦荡荡"，和曾经的梦中情人夏梦"相忘于江湖"。

2016 年 11 月 3 日，83 岁的夏梦与世长辞。从此，一代佳人，唯光影可追。

2018 年 10 月 30 日，金庸逝世，享年 94 岁。从此，金庸不在江湖，但江湖永远都有金庸的传说。

九

相濡以沫的爱情，是不管顺境抑或逆境，相爱的两人始终握紧彼此的手，风雨同舟，共度一生。

相忘于江湖的爱情，是向来缘浅，奈何情深，是天长地久的可遇不可求，是朝夕相处的可望不可即。放开彼此的手，未尝不是一种幸福。

但爱情的诡谲之处在于，相濡以沫，或许会厌倦到终老；相忘于江湖，或许会怀念到哭泣……

当然，2300 多年前的庄子说的"相濡以沫，不如相忘于江湖"，或许又是另外一番境界了。

拥抱一千个春天：哪一首歌，是在告别？

一

1979 年，台湾的海山唱片公司举办第二届"民谣风"歌唱比赛。在众多参赛选手中，有一个 22 岁的名叫蔡琴的歌手，唱了一首名为《恰似你的温柔》的歌。

很多年以后，这首在当时听起来似乎"文法不通"的歌，几乎成为几代人心中的一段回忆。

蔡琴，就这样出其不意地走上了舞台。她的歌声，从此遍布有井水之处。

二

据说，这个世界上，只要通过六个人，就能找到任何一个你想找的人。不管这是真是假，但有一点是肯定的，世界其实没有我们以为的那么大。人和人之间，冥冥之中，有着千丝万缕的关系。

比如，1957 年出生于台湾的蔡琴，和 1925 年出生于北京的陈香梅，貌似不可能有任何关系，却因为一首歌，有了跨越时空的缘分。

1958 年 7 月 27 日，65 岁的陈纳德因病逝世，留下 33 岁的爱妻陈香梅和两个不满 10 岁的幼女。怀着对陈纳德的无尽思念，一年后，陈香梅开始用英文写《一千个春天》。1962 年秋天，该书在纽约出版，成为畅销书，并有了中文版、韩文版、日文版……若干年后，一个偶然的机会，台湾才子许乃胜读了陈香梅女士的《一千个春天》，感慨万千，一口气写下了《一千个春天》这首歌的歌词：

"爱情的开端是什么，是不是没有泪眼迷蒙？爱情的开端是什么，是不是没有生死阻隔？那夜，我探索你的面孔，你的坚定告诉我，爱情不仅是表面的美好，而且是灵魂的真实。那夜，我看着你的眼眸，你的温柔告诉我，我们正如潺潺溪水，在心里互相汇流。于是，在我们的心扉，便有一千个春天……"

当时，许乃胜和苏来、李建复、蔡琴等音乐人组建了台湾乐坛上第一个音乐工作室——"天水乐集"工作室。许乃胜请苏来为《一千个春天》谱曲后，交给蔡琴和李建复演唱。

三

1982 年 9 月，专辑《一千个春天》问世。蔡琴略带沧桑的女中音和李建复充满磁性的男高音交融。纯粹的声音，纯粹的歌词，成就了这首歌的沧桑与厚重，莫名地让人对陈香梅和陈纳德的爱情黯然神伤。

陈香梅曾说："我宁愿和一个我爱的人，共度五年或十年的日子，而不愿跟一个我没有兴趣的人相处终生。"一语成谶。她和陈纳德在一起的日子，仅十年零七个月。

命运似乎也跟蔡琴开了一个玩笑。演唱了《一千个春天》的蔡琴，和台湾才子杨德昌的婚姻，竟也只有十年。

十年缘尽，杨德昌对这段婚姻下的结论是："十年感情，一片空白。"而蔡琴则答："我不觉得是一片空白，我有全部的付出。"

四

任何爱情故事，无论最后多么凄凉，开始都是那样轰轰烈烈。

1984年，前途一片光明的蔡琴被导演杨德昌选中，出演电影《青梅竹马》中的女主角阿贞，与侯孝贤、吴念真等搭戏。于是，蔡琴认识了这个比她大十岁的才子。

当佳人遇到才子，而且是这样一个被誉为"台湾新电影"代表人物之一的才子，她的一颗芳心，或许是很容易被俘获的吧。

才子对佳人，也是一见钟情。在杨德昌的猛烈追求下，两人迅速擦出爱情的火花。1985年5月，两人顺利牵手，步入婚姻殿堂。

五

在之后的将近十年间，也就是1985年到1995年，蔡琴为了丈夫的事业，倾其所能，无私付出。

这让我想到了李安的妻子林惠嘉。李安坦言，曾有很长一段时间，他赋闲在家，除了阅读、看片，就是埋头写剧本，只能靠妻子赚钱养家。2013年，凭借《少年派的奇幻漂流》，他终于获得第85届奥斯卡最佳导演奖。颁奖典礼上，他深情地对坐在台下的爱妻说："感谢你一直对我的支持。我爱你，还有我们的儿子！"他明白，没有妻子无私的鼓励和支持，他或许已经放弃过很多次了。那么，世界将失去一个有天分的导演李安，而多了一个普通的程序员李安。

和林惠嘉一样，在杨德昌没有电影拍的时候，蔡琴也心甘情愿地靠唱歌赚钱养家。他们一度合拍电视广告，为洗衣粉代言，有一种惺惺相惜、患难与共的温暖和幸福。

六

金子终归是会发光的，才华也是藏不住的。

1986 年，杨德昌执导的《恐怖分子》获第 23 届台湾金马奖最佳影片奖。1991 年，杨德昌执导的《牯岭街少年杀人事件》，获第 28 届台湾金马奖最佳影片奖。

看过杨德昌电影的人，都会感叹他的作品有一种魔力。直指人心的台词，意味深长的镜头，幽深昏暗的甬道，余音绕梁的配乐……让人久久难以释怀。

业界评价，他的电影是"台湾社会的手术刀"。这把"手术刀"，既冷酷、精准、不露声色地批判社会的阴暗面，又充满悲悯，有着温暖的人文情怀。杨德昌和侯孝贤，被称为"台湾新电影双子"。

这十年中，蔡琴一直默默陪伴在杨德昌身边，夫唱妇随。从《恐怖分子》片尾的歌声，到《独立时代》的美工，都有蔡琴的倾情付出。

七

然而，杨德昌对蔡琴，却没有李安对林惠嘉那样情深义重。这段以浪漫开始的婚姻，竟只持续了十年。

1995 年 8 月，杨德昌突然提出离婚，并坦言自己爱上了比蔡琴小 8 岁的钢琴家彭铠立。那一年，蔡琴 38 岁。

或许，作为一个女人，最难面对的一个事实是——丈夫找的继任，比自己年轻，比自己漂亮，而且也有才。

还不止这些。离婚后，杨德昌高调宣布终于找到真爱。这不但是对上一段婚姻的无情毁灭，也是对蔡琴个人的彻底否定。原来，与蔡琴的十年，在他心中不过是"十年感情，一片空白"。

曾经的患难与共，曾经的惺惺相惜，真的只是"一片空白"吗？对此，蔡琴掷地有声地回应："我不觉得是一片空白，我有全部的付出。"

八

抛开杨德昌的才华不谈，仅就这段婚姻来说，他首先是一个负心的人，其次才是一个有才华的导游。但对蔡琴来说，在他光芒四射的才华下，他的负心，似乎是可以原谅的。

蔡琴成名太早，20 岁出头就一不小心红遍了台湾歌坛。这对她之后的择偶，是幸还是不幸？她需要找一个在才华上能让自己仰视的人。杨德昌的才华实在太耀眼，耀眼到让蔡琴足够仰视，甚至无法分辨，她到底是爱他的人，还是爱他的才？或者，将他的人和他的才打包一起来爱？

她用全部的热情和最好的时光，爱他一切天才的创作和灵感，且爱得死心塌地、无怨无悔。可惜，这个天才，有些薄情。

九

2007 年 6 月 29 日，60 岁的杨德昌，因病去世。从 1995 年离婚到 2007 年杨德昌去世，12 年的光阴，似乎并未减轻蔡琴对杨德昌的感情。她一直单身，再未嫁人。

2008 年 8 月，在台湾某综艺节目中，谈到杨德昌的病逝，她沉重地说，当晚她在家中大哭，深深体会到生命短暂："早知道他生命这么短暂，我愿意早点跟他离婚，放他好好享受他的生命。"

2016年母亲节，她在演唱会上亲口宣布："我不会再嫁人了，我终身嫁给舞台。"

或许，爱的最高境界是只要你要，只要我有；你想要自由，那么就给你自由吧，只要你觉得开心就好。蔡琴对杨德昌，终于可以释然。

十

然而，她又并不完全释怀。她的好友、比她大五岁的台湾作家龙应台，从她的歌声里似乎读懂了她的心声。

2007年7月7日，杨德昌去世后八天，蔡琴在可容纳五万人的台中露天剧场举行演唱会。一袭青衣，在风里翩翩蝶动，似乎有种空灵的哀伤。

龙应台坐在台下，安静地聆听着她幽幽的歌声：《是谁在敲打我窗》《你的眼神》《恰似你的温柔》……她听懂了蔡琴所有的悲、所有的伤。她在心里默默地问：一个曾经爱得不能自拔的人死了。蔡琴，你的哪一首歌是在追悼？哪一首歌是在告别？哪一首歌是在重新许诺？哪一首歌是在为自己做永恒的准备？

蔡琴也曾说："你们知道的是我的歌，你们不知道的是我的人生，而我的人生，对你们并不重要。"

我的汽车CD里，一直放着蔡琴的专辑。某晚，和无数个平常日子一样，我又开始听她的《恰似你的温柔》。车外，秋雨淅沥；车内，歌声低回——

"某年某月的某一天，就像一张破碎的脸。难以开口道再见，就让一切走远。这不是件容易的事，我们却都没有哭泣。让它淡淡地来，让它好好地去……"

她的歌声里，有大河的深沉，黄昏的惆怅，又有宿醉难醒的缠绵。

我的眼泪，莫名地，流了下来。

番外：如果你穿越到了大唐

一

今年是公元2022年，如果你一觉醒来，穿越到了公元730年（大唐开元十八年）夏天的长安，成为豪门贵族裴家的三女儿，那么恭喜你，你的所见所闻将会比你想象的更精彩！

唐代习惯用排行称呼女子，接下来，你的名字就叫裴三娘。

二

长安城的黎明，会比你想象中更加气象庄严。

五更三点，大明宫丹凤门的门楼上会准时响起第一声晨鼓。随即，六条正对着城门的主道旁，数十面街鼓被依次擂响。在微弱的曙光中，被分割得棋盘般规整的108处里坊，几乎在同一时间打开大门，早已等候在门内的车马行人如流水般涌向坊外……

这座在当时的地球上举世无双的雄城，这座被唐代诗人王维形容为"九天阊阖开宫殿，万国衣冠拜冕旒"的雄城，仿佛一头从沉睡中醒来的巨兽，让所有生活在这座雄城中的人都为之精神一振。

三

在这样的晨光中，裴三娘星眸微扬，慵懒地醒来。她躺在一张三面都设着插屏的华榻上，榻上铺着一张翠丝般的细竹席，触手沁凉。华榻四周挂着几重烟雾般轻柔的粉色纱帐，看上去倒像一座纱亭。床头放着一张雕花曲足案几，案几上放着海兽葡萄纹菱花镜、玉石妆盒等物。屋角设了一个被雕成荷叶样子的玉盆，里面放了一些冰块，整间屋子清凉怡人。

裴三娘刚在榻上转了个身子，早已守候在屋外的婢女小蝶就快步走了进来，将早已熨烫齐整且用熏笼熏过的几套衫裙，双手捧到裴三娘面前。裴三娘看了看，选了其中一套，小蝶会意，手脚利落地为她一一穿戴起来。

裴三娘今日选的是用越州缭绫剪裁的浅杏黄色高腰齐胸襦裙和湖蓝色薄纱半臂，穿在身上愈发显得肌肤似雪，容貌鲜妍。

裴三娘满意地点了点头，在雕花曲足案几前的月牙凳上坐了下来，开始由小蝶为她鼓捣唐代女子最看重的两件事——发髻和妆容。

四

《孝经》有云：“身体发肤，受之父母，不敢毁伤，孝之始也。”古人对头发的重视程度，超过现代人的想象，大唐女子更是如此。

唐代文学家段成式专门写过一篇关于女子发髻的文章，题目是《髻鬟品》。他在文中列举了高髻、花髻、倭坠髻、坠马髻、闹扫妆髻、半翻髻、反绾髻、乐游髻、凤髻、峨髻、低髻、乌满髻、抛家髻、回鹘髻、愁来髻、归顺髻、反首髻、从梳百叶髻、双环望仙髻等 30 多种髻，令人大开眼界。不过，虽然形式多样，但总体上不外乎两种类型：一种梳于头顶，一种梳于脑后。

今天，裴三娘选择梳盛唐时期最流行的倭坠髻。只见小蝶把裴三娘一头乌黑亮丽的头发从两鬓梳向脑后，然后向上掠起，在头顶上挽成一个向额前方低下来的发髻。为了能让发髻在头顶高高立起，小蝶在裴三娘的发髻里放了用木头做的发垫。裴三娘对着铜镜左右看了看，嘴角露出了满意的笑容。

五

唐代诗人白居易在《长恨歌》中有"云鬓花颜金步摇，芙蓉帐暖度春宵""花钿委地无人收，翠翘金雀玉搔头""惟将旧物表深情，钿合金钗寄将去。钗留一股合一扇，钗擘黄金合分钿"等句，其中，钗、簪、钿、步摇都是唐代女子喜欢的发饰。光是看看这些诗句，就可以想象它们有多精致了。

裴三娘眼光极好，她看了看琳琅满目的妆盒，只选了一根灵芝头鎏金双头钗，钗头上镶嵌着一颗金褐色的琥珀，和她耳垂上的垂滴状琥珀耳坠相呼应，也和她身上的浅杏黄色高腰齐胸襦裙相映生辉。

如果在春天，裴三娘会选择在发髻上簪花，尤其是牡丹花。簪花是唐代女子的时尚。敦煌莫高窟唐代壁画上的女子，头上都簪有数朵美丽的鲜花。唐代画家周昉绘制的粗绢本设色画《簪花仕女图》中，六位贵妇身披轻纱，头绾高髻，髻上都簪有特大的花朵。唐代诗人杜甫在《丽人行》中写道："头上何所有？翠微匐叶垂鬓唇。"其中，"翠微匐叶"就是发髻上的花饰。据说，李隆基每年 10 月幸临华清宫，杨玉环及其姊妹盛装出行，头上发饰精美绝伦，如百花盛开。

裴三娘对步摇也情有独钟。步摇多用金玉制成鸟形，鸟口衔有珠串，会随着女子走路的节奏而来回摇摆，故名"步摇"。根据材质的不同，有金步摇、玉步摇等。据说杨玉环最喜欢的头饰就是金步摇，要不然怎么是"云鬓花颜金步摇"呢？

六

裴三娘的服饰、发髻、头饰都已妥当，接下去就是妆容了。唐代高门女子妆容的大胆和新奇，你无论如何都想象不到，我们不妨先来看看裴三娘今日的妆容。

因为今日裴府举行盛宴，裴三娘今日的妆容分外仔细。只见她脸上至少扑了三层雪白的应蝶粉，额头上涂了鹅黄的松花粉，眉心贴了一个桃形的镂金翠钿，两颊上各点了一簇六点红色，从眼角到两鬓则是两抹月牙状的斜红。

最后画眉时，小蝶问裴三娘喜欢哪种眉形，是月眉、阔眉、蛾眉、柳叶眉，还是桂叶眉？裴三娘摇了摇头，兴致勃勃地道："我要画眼下长安城最时兴的扫帚眉！"小蝶应了一声，一息工夫后，两道又粗又长的深翠色眉毛就出现在了裴三娘脸上。

裴三娘只对着镜子看了一眼，心头就涌起了深深的无力感。如果她回到公元2022年，怕是没有勇气画这个扫帚眉吧？

经过将近一个时辰的鼓捣，裴三娘终于可以跨出闺房享用早膳了。等待她的，将是一桌丰盛的大唐美食……

等风来，等花开成海（代后记）

一

这本书即将面世之际，我要深深地感谢一个人，他就是唐代诗人王维。我动笔写的第一篇历史散文，就是关于王维的《繁华幻灭，咫尺天涯》。

记得那是 2017 年 9 月，一个平常的日子，我开车上班。路上，听蒋勋老师讲解唐诗，他讲到了王维。对于王维的一生，他说了六个字"从繁华到幻灭"。

那一刻，我握着方向盘的手，忽然顿了顿。何谓繁华？何谓幻灭？这几个字入了我的耳，也入了我的心，且久久挥之不去。

于是，当天晚上，我敲击键盘，写下了 3000 多字的《繁华幻灭，咫尺天涯》。

二

世间许多事情，便是如此奇妙。

因为写《繁华幻灭，咫尺天涯》，我翻阅了《旧唐书·王维传》，于是看到了那句触动我心弦的话："妻亡不再娶，三十年孤居一室，屏绝尘累"。那个瞬间，我怔住了！不知为何，这句话就像一颗石子，投进我的心里，荡起层层涟漪。那是一种心动的感觉。

于是，我又去查阅《新唐书·王维传》《唐才子传·王维》等，都有"丧妻不娶，孤居三十年"等类似的句子。

一往情深深几许？究竟是怎样的女子，能让王维情深至此——妻子去世后，他誓不再娶，孤独了三十多年，直到离世。

直觉告诉我，王维的爱情，一定不同寻常。他不只是一个会写诗的人，而且是一个有血有肉、有情有义、有悲有喜的有故事的人。

2017年10月1日，我决定写一个以王维为男主人公的历史爱情小说，题目取自王维的《相思》一诗，就叫《红豆生南国》。

三

一开始，我只是打算写3万字而已。真的只是3万字，一篇2000字，用15篇文章写完王维的一生。我觉得够长了。谁知当我写到30000字时，才写到王维认识他痴爱一生的女子——崔璎珞。"月上柳梢头，人约黄昏后"，正是欲说还休的时候，于是觉得可以写10万字了。

当我写到10万字时，才写到刚当上太乐丞不久的王维因"黄狮子舞事件"被贬谪济州。他一生的跌宕起伏才开始……于是觉得可以写30万字了。

当我写到30万字时，才写到王维在淇上痛失璎珞。他带着蚀骨的伤痛，回到阔别多年的长安。他的下半场人生才开始……

最终，《红豆生南国》的定稿达到了90万字。

王维去世于761年。在2021年，我完成了《红豆生南国》，以此纪念王维逝世 1260 周年。

四

五年来，为了写好《红豆生南国》，我查阅了大量资料，从《资治通鉴》到《新唐书》《旧唐书》，从《唐才子传》到《太平广记》《集异记》，从《全唐诗》到《金石录》《世说新语》……渐渐发现，历史上的人和事，并未离我们远去。他们就静静地躺在一本又一本古籍中，躲在一首又一首诗词里，等着我们去拜访他们，和他们聊聊天、叙叙旧。

只是现代社会就像一个庞大的快速运转的精密机器，每个人都是机器上的小小螺丝钉，都被机器催促着往前走，慢不下来，也停不下来。即使有心想和古人聊天叙旧，也苦于没有时间，没有精力，实在是心有余而力不足。

当代诗人北岛说："书打开窗户，让群鸟自由地飞翔。"无论现代社会节奏多么迅速，我依然喜欢让时光慢下来，在"慢时光"里看书、写作。

枕上诗书，窗前风景，日有暖阳，夜伴星辰，和书为伴，拥书入梦。如偶有所得，便欣然忘忧，虽身居红尘，却拥有了不一样的烟火……

五

不经意间，我将阅读古籍、阅读诗词的所感所思所悟写成了一篇篇随笔，就有了这本书。

自古文史不分家。喜欢历史的人，大多也喜欢文学。中国文学很美，写起来美，读起来美，想象起来更美。

如果美有通感的话，我想这样表达我沉浸在历史和文学中时的心情：有点像听一支空茫缥缈的古琴曲，有点像看一幅酣畅淋漓的书法，有点像赏一朵含苞待放的花……这些美，不张扬，不绚烂，它们静静地藏在历史深处，需要我们用同样安静的心，慢慢靠近，慢慢品味，慢慢领悟。

在历史的世界里，我会一直写下去……

六

2003 年夏天，大学毕业前夕，我写了一篇散文，题为《脚比路长》。

19 年过去了，我依然记得那个结尾："脚比路长，一步一步走下去，就是我们光芒万丈的人生。"

饭要一口一口吃，路要一步一步走。用禅宗的话说，就是吃饭时吃饭，劈柴时劈柴，但行好事，莫问前程。

此时此刻，我忽然想到了樱花。

正值阳春三月，绍兴宛委山的樱花开得正是时候。很多人替樱花可惜，樱花来也匆匆，去也匆匆，生命何其短暂也！但樱花自己呢，从未因为生命短暂而敷衍了事。樱花扎根于泥土中，默默生长，当第一缕春风从东边吹来时，樱花就一起迎风绽放，开成一片花的海洋，绚烂之至，美丽之至！

樱花在等风来，风来时，开成海。人生，不也是如此吗？

在历史的长河中，每个人都是尘埃一般的存在，但我们不能因为生命的短暂而辜负了生命。

哲学家尼采说："每一个不曾起舞的日子，都是对生命的辜负。"

愿平凡如你我，心中有梦，眼中有光，默默成长，只等风来。当风来时，请张开手臂，迎风飞扬。

是为后记。

2022 年 3 月 23 日